Jens Peter Jacobsen

Sechs Novellen

Übersetzt von Marie von Borch

Jens Peter Jacobsen: Sechs Novellen

Übersetzt von Marie von Borch.

Gustav Kiepenheuer Verlag, Weimar 1912. Aus dem Dänischen von
Marie von Borch.

Neuausgabe mit einer Biographie des Autors
Herausgegeben von Karl-Maria Guth
Berlin 2017

Umschlaggestaltung von Thomas Schultz-Overhage unter Verwendung
des Bildes: Gustave Caillebotte, Im Regen (Ausschnitt), 1875

Gesetzt aus der Minion Pro, 11 pt

Verlag: Henricus - Edition Deutsche Klassik GmbH
Mörchinger Str. 33, 14169 Berlin, info@henricus-verlag.de
Druck: Libri Plureos GmbH, Friedensallee 273, 22763 Hamburg

ISBN 978-3-8430-9362-0

Bibliografische Information der Deutschen Nationalbibliothek

Die Deutsche Nationalbibliothek verzeichnet diese Publikation in der
Deutschen Nationalbibliografie; detaillierte bibliografische Daten sind im
Internet über www.dnb.de abrufbar.

Inhalt

Mogens

Sommer war's, mitten am Tage, an einer Ecke des Zauns. Grade davor stand ein alter Eichbaum, von dessen Stamm man wohl sagen konnte, er winde sich vor Verzweiflung über den Mangel an Harmonie zwischen seinem jungen, gelblichen Laub und den schwarzen, dicken und krummen Ästen, die die größte Ähnlichkeit mit grobverzeichneten frühgotischen Arabesken hatten. Hinter der Eiche stand üppiges Haselnußgesträuch mit dunklem, glanzlosem Laub, welches so dicht war, daß man weder die Stämme noch die Zweige sehen konnte. Über das Nußgebüsch stiegen zwei schlanke, fröhliche Ahornbäume mit lustig ausgezackten Blättern, roten Stengeln mit langem Gehängsel von grünen Fruchtbüscheln empor. Hinter den Ahornbäumen kam der Wald – ein grüner, gleichmäßig abgerundeter Abhang, wo die Vögel aus und ein gingen wie das Elfenvolk in einem Grashügel.

Dies alles konnte man sehen, wenn man über den Feldweg außerhalb der Hecke kam. Lag man hingegen im Schatten der Eiche, mit dem Rücken gegen den Stamm und sah den andern Weg hinunter – und da lag einer, der das tat – so sah man zuerst die eigenen Beine, dann einen kleinen Fleck mit kurzem, kräftigen Gras, darauf einen großen Klumpen dunkler Nesseln, dann die Dornenhecke mit den großen, weißen Konvolvolus, den Zauntritt, etwas von dem davorliegenden Roggenfelde, endlich die Flaggenstange des Justizrats da oben auf der Höhe und zuletzt den Himmel.

Es war drückend heiß, die Luft flimmerte vor Wärme, und dabei war es so still; die Blätter hingen an den Bäumen und schliefen; nichts rührte sich als die Marienkäfer da drüben auf den Nesseln, und ein wenig welkes Laub, das im Grase lag und sich mit leisen, plötzlichen Bewegungen aufrollte, als ob es sich unter den Strahlen der Sonne krümme.

Und dann der Mensch unter der Eiche; er lag und schnappte nach Luft und blickte wehmütig, hilflos zum Himmel empor. Er trällerte ein wenig und gab es auf, flötete, gab auch das auf, drehte sich um, drehte sich wieder um und ließ die Augen auf einem alten Maulwurfshügel ruhen, der in der Hitze ganz hellgrau geworden war. Plötzlich kam ein kleiner runder dunkler Fleck auf die hellgraue Erde, noch einer, drei, vier, viele, noch mehr, der ganze Haufen war vollständig dunkelgrau. Die Luft bestand aus lauter langen dunklen Strichen, die Blätter nickten

Es war an einem schönen Herbsttage; der Weg hinunter zur See war ganz mit den zitronengelben Blättern der Ulmen und Ahornbäume bedeckt; hier und da waren auch Stellen mit dunklerem Laub. Es war so behaglich, so reinlich, auf diesem Tigerfell zu gehen und zuzusehen, wie die Blätter herabschneiten, und die Birken sahen noch feiner und leichter aus mit so wenig an den Zweigen, und die Eberesche sah so prächtig aus mit den schweren, roten Beerentrauben. Und der Himmel war so blau, so blau, und der Wald schien viel größer, man konnte zwischen den Stämmen weit hineinsehen. Und dann kam auch noch dazu, daß bald alles vorbei sein würde. Wald, Feld, Himmel, freie Luft und das Ganze mußte bald der Zeit der Lampen, der Zimmerteppiche und der Hyazinthen weichen. Deshalb ging der Justizrat von Kap Trafalgar mit seiner Tochter nach der See hinunter, während der Wagen beim Dorfschulzen hielt.

Der Justizrat war ein Freund der Natur, die Natur war etwas ganz Besonderes, die Natur war der schönste Schmuck des Daseins. Der Justizrat protegierte die Natur, er verteidigte sie gegen das Künstliche; Gärten waren nichts anderes als verdorbene Natur, aber Gärten mit Stil, das war wahnsinnige Natur; in der Natur gibt es keinen Stil, unser Herrgott hatte die Natur gewiß natürlich gemacht, nichts anderes, nur natürlich. Die Natur war das Ungebundene, das Unverdorbene; aber mit dem Sündenfall war die Zivilisation über die Menschen gekommen, nun war die Zivilisation zur Notwendigkeit geworden, es wäre aber besser gewesen, wenn sie es nicht geworden; der Naturzustand war etwas ganz anderes. Der Justizrat würde nichts dagegen haben, sich zu ernähren, indem er in Schafspelz einherging und Hasen und Schnepfen, Brachvögel und Schneehühner, Rehkeulen und Wildschweine schoß. Nein, der Naturzustand war nun einmal eine Perle, geradezu eine Perle.

Der Justizrat und seine Tochter gingen hinunter nach der See. Diese hatte schon lange durch die Zweige geschimmert, jetzt wurde sie aber ganz sichtbar, als sie um die Ecke bogen, wo die große Pappel stand. Da lag sie, mit großen Flächen spiegelblanken Wassers, mit zackigen Zungen graublauen, gekräuselten Wassers, mit Streifen, die blank waren und Streifen, die sich kräuselten, und das Sonnenlicht ruhte auf dem blanken und flimmerte auf dem gekräuselten. Sie zog den Blick mit sich über die Fläche, führte ihn längs ihrer Ufer an langsam abgerundeten Bogen, an scharf gebrochenen Linien vorüber, schwenkte ihn um die grünen Landzungen herum, ließ dann den Blick los, verschwand in grünen Buchen – nahm aber den Gedanken mit sich. – Segeln! Ob man ein Boot mieten könne?

Nein, es sei keins zu haben, sagte ein kleiner Junge, der in dem weißen Landhause daheim war und unten am Strande Butterbrot warf. Durchaus gar kein Boot? Doch, das wohl; des Müllers Boot sei wohl da, aber nicht zu haben, der Müller wollte es nicht erlauben, Müllers Niels hatte beinahe Prügel bekommen, als er es das letzte Mal verliehen hatte; daran sei gar nicht zu denken, aber der Herr, der oben beim Waldhüter Nikolai wohnte, der hätte ein ausgezeichnetes Boot, eins, das außen schwarz und innen rot, und das lieh er allen und jedem.

Der Justizrat und seine Tochter gingen zum Waldhüter Nikolai hinauf. In einiger Entfernung vom Hause trafen sie ein kleines Mädchen, das Nikolais gehörte, und dieses baten sie hinein zu laufen und zu fragen, ob sie den Herrn sprechen könnten. Sie lief, als ging es ans Leben, lief mit Armen und Beinen, bis sie an die Tür kam, dann setzte sie das eine Bein auf die hohe Türstufe und band ihr Hosenband und stürzte darauf ins Haus hinein, kam gleich zurück mit zwei Türen hinter sich offen und rief, ehe sie die Türstufe wieder erreicht hatte, daß der Herr augenblicklich kommen würde; dann setzte sie sich neben die Tür gegen die Mauer und blickte unter ihrem Arm durch nach den Fremden hin.

Der Herr kam und erwies sich als ein hoher, kräftig gebauter Mann von einigen zwanzig Jahren. Die Tochter des Justizrats erschrak ein wenig, als sie in ihm den Menschen wieder erkannte, der im Regen gesungen hatte. Aber er sah so wunderlich und abwesend aus; es war augenscheinlich, daß er direkt von einem Buche kam, das konnte man an dem Ausdruck seiner Augen sehen, an seinem Haar und seinen Händen, die gar nicht wußten, wo sie waren.

Die Tochter des Justizrats verbeugte sich ausgelassen vor ihm und rief: »Kuckuck« und lachte.

»Kuckuck?« fragte der Justizrat.

Aber das war ja das kleine Mädchengesicht; der Mensch wurde ganz rot und versuchte etwas zu sagen, als der Justizrat mit der Frage nach dem Boote kam. Gewiß, es stand zu Diensten. Wer sollte aber rudern? Das sollte er tun, sagte das Fräulein, es kümmere sie nicht, was Vater sage; es sei ganz gleichgültig, ob es dem Herrn Unbequemlichkeiten verursache, denn er scheue sich zuweilen auch nicht, andern Leuten Unbequemlichkeiten zu bereiten. Dann gingen sie hinunter zum Boot und gaben dem Justizrat unterwegs die Erklärung. Sie gelangten ins Boot und waren schon ein gutes Stück hinaus, ehe das Fräulein sich zurecht gesetzt hatte und Zeit fand zu reden.

»Nun«, sagte sie, »es war gewiß etwas sehr Gelehrtes, das Sie lasen, als ich kam und Sie zum Segeln herauslotste?«

»Zum Rudern, meinen Sie. Gelehrt! Es war die Geschichte vom Ritter Peter mit dem Silberschlüssel und der schönen Magelone.«

»Von wem ist das?«

»Von keinem; diese Art Bücher sind nie von jemand. Vigoleis mit dem Goldrad ist auch von niemand und Schütze Bryde auch nicht.«

»Ich habe diese Titel noch nie gehört.«

»Ach, setzen Sie sich mehr auf jene Seite, sonst liegen wir schief. Nein! Das ist auch ganz natürlich, es sind keine feinen Bücher; es sind solche, die man auf den Märkten von Bänkelsängerinnen kauft.«

»Das ist doch seltsam; lesen Sie immer solche Bücher?«

»Immer? Ich lese Jahr und Tag nicht viel Bücher, und am liebsten mag ich eigentlich die, in denen Indianer vorkommen.«

»Aber Dichterwerke? Ohlenschläger, Schiller und die andern?«

»Ja, die kenne ich wohl; wir hatten zu Hause einen ganzen Schrank voll davon, und Fräulein Holm – die Gesellschafterin meiner Mutter – las nach dem Frühstück und Abendbrot laut daraus vor; aber ich kann nicht sagen, daß sie mir gefielen – ich kann keine Verse leiden.«

»Keine Verse leiden! – Sie sagten *hatten*, lebt Ihre Frau Mutter nicht mehr?«

»Nein, und mein Vater auch nicht.«

Dies wurde in etwas mürrischem, abweisendem Ton gesprochen, und die Unterhaltung stockte eine Weile und ließ die vielen kleinen Laute, die die Bewegung des Bootes im Wasser hervorbrachte, deutlich vernehmen. Das Fräulein brach das Schweigen.

»Lieben Sie Gemälde?«

»Altarbilder? Ach, ich weiß nicht.«

»Ja, oder andere Bilder, Landschaften zum Beispiel.«

»Die malt man auch? Ja, es ist wahr, das weiß ich, ja.«

»Sie machen sich gewiß über mich lustig?«

»Ich!? Einer von uns beiden tut das wohl!«

»Aber sind Sie denn nicht Student?«

»Student! Woher hätte ich Student werden sollen! Nein, ich bin nichts.«

»Ja, etwas müssen Sie doch sein? Sie müssen doch irgend etwas tun?«

»Weshalb das?«

»Nun, weil – das tun doch alle Menschen.«

»Tun Sie denn etwas?«

»Ach was, Sie sind doch auch keine Dame.«

»Nein, Gott sei Dank!«

»Danke bestens.«

Er hörte auf zu rudern, zog die Ruder etwas ein, sah ihr ins Gesicht und sagte:

»Was wollen Sie damit sagen? – Nein, Sie dürfen nicht böse auf mich sein; ich will Ihnen was sagen, ich bin solch ein komischer Mensch. Das können Sie gar nicht begreifen. Sie meinen, weil ich feine Kleider habe, muß ich auch ein feiner Mann sein. Mein Vater war ein feiner Mann, und mir ist gesagt worden, daß er so ungeheuer viel konnte, und das konnte er wohl auch, denn er war Amtmann. Ich kann nichts, denn Mutter und ich taten uns alles zu Liebe, und mir lag nichts daran, das zu lernen, was man in den Schulen lernt, auch jetzt noch nicht. Ach, Sie hätten meine Mutter sehen sollen, sie war eine ganz, ganz kleine Dame; schon als ich dreizehn Jahre alt war, konnte ich sie auf den Armen in den Garten hinunter tragen. Sie war so leicht; in den letzten Jahren trug ich sie durch den ganzen Garten und Park auf dem Arm. Ich sehe sie vor mir in ihren schwarzen Gewändern und vielen breiten Spitzen ...«

Er nahm die Ruder und ruderte gewaltsam zu. Der Justizrat wurde ein wenig unruhig, als er das Wasser am Achtersteven so hoch aufspritzen sah, und meinte, sie müßten wohl wieder ans Land, und zurück ging es.

»Sagen Sie mir«, fragte das Fräulein, als das starke Rudern etwas nachgelassen hatte, »kommen Sie oft in die Stadt?«

»Ich bin nie dagewesen.«

»Nie dagewesen! Und hier wohnen Sie nur drei Meilen davon.«

»Ich wohne nicht immer hier, ich wohne an allen möglichen Orten, seitdem meine Mutter starb; aber im Winter will ich in die Stadt, um rechnen zu lernen.«

»Mathematik?«

»Nein, Bauholz«, sagte er und lachte, »ja, das verstehen Sie nicht; ich will Ihnen nämlich sagen, wenn ich mündig werde, will ich eine Schaluppe kaufen und auf Norwegen fahren, und dann muß ich wegen Zoll und Klarierung rechnen können.«

»Haben Sie wirklich Lust dazu?«

»Ach, es ist herrlich auf dem Meer, im Segeln liegt soviel Leben – so, da ist die Landungsbrücke.«

Er legte an, der Justizrat und seine Tochter stiegen ans Land, nachdem sie ihm das Versprechen abgenommen hatten, sie auf Kap Trafalgar zu besuchen. Dann gingen sie zum Dorfschulzen hinauf; er aber ruderte wieder in die See hinaus. Oben bei der Pappel konnten sie noch die Ruderschläge hören.

»Hör, Kamilla!« sagte der Justizrat, der draußen gewesen war, um die Außentür zu verschließen. »Sag mir«, sagte er, indem er seine Handlampe mit dem Schlüsselbart auslöschte, »hieß die Rose, die sie bei Karlsens hatten, Pompadour oder Maintenon?«

»Cendrillon«, antwortete die Tochter.

»Das ist wahr, so hieß sie auch, – na – wir müssen wohl zur Ruhe gehen; gute Nacht mein Kind, schlaf wohl!«

Als Kamilla auf ihr Zimmer kam, zog sie den Fenstervorhang beiseite, drückte die Stirn an die kalten Scheiben und summte Elisabeths Lied aus dem »Elfenhügel«. Gegen Sonnenuntergang hatte sich ein leiser Wind erhoben, und einzelne kleine, weiße Wolken jagten vom Mond beschienen auf Kamilla zu. Sie stand lange und sah sie an, faßte sie schon aus weiter Entfernung ins Auge und summte lauter und lauter, je näher sie kamen, schwieg ein paar Sekunden, wenn sie über ihr verschwanden, suchte wieder andere und verfolgte dann diese. Mit einem leisen Seufzer zog sie den Vorhang wieder vor. Sie ging an den Toilettentisch, stützte die Arme darauf, lehnte den Kopf an die gefalteten Hände und blickte ihr Spiegelbild an, ohne es eigentlich zu sehen.

Sie dachte an einen schlanken, jungen Mann, der eine kleine, kranke, schwarzgekleidete Dame in seinen Armen trug; sie dachte an einen schlanken, jungen Mann, der in einem losbrechenden Sturm ein kleines Fahrzeug zwischen Klippen und Schären hindurch lenkte. Sie hörte ein ganzes Gespräch noch einmal. Sie errötete: Eugen Karlsen würde glauben, daß du ihm den Hof machst. Eine kleine, eifersüchtige Gedankenassoziation ließ sie fortfahren. Klara wäre niemand während eines Regenwetters im Walde nachgelaufen; sie hätte einen Fremden nicht obendrein aufgefordert – geradezu aufgefordert – mit ihr zu segeln. »Dame bis in die Fingerspitzen«, hatte Karlsen von Klara gesagt, das war ein Verweis für dich, du kleine Bauern-Kamilla! Darauf entkleidete sie sich mit affektierter Langsamkeit, legte sich ins Bett, nahm ein kleines, elegantes Buch von der Etagere neben dem Bett, schlug die erste Seite auf und las mit müder, verbitterter Miene ein kleines, geschriebenes Gedicht durch, ließ das

Buch zu Boden fallen und brach in Tränen aus; dann nahm sie das Buch sanft wieder auf, legte es an seinen Platz und löschte das Licht aus, lag ein wenig, blickte trostlos auf den vom Mond beschienenen Vorhang und schlief endlich ein.

Nur wenig Tage später machte der »Regenmann« sich auf den Weg nach Kap Trafalgar. Er begegnete einem Bauer, der ein Fuder Roggenstroh fuhr und erhielt die Erlaubnis aufzusitzen. Er legte sich im Stroh auf den Rücken und sah hinauf in den wolkenlosen Himmel. Während der ersten halben Meile ließ er seine Gedanken nach Belieben kommen und gehen, sie waren übrigens nicht sehr abwechselnd; die meisten kamen und fragten, wie ein Menschenkind so wundersam schön sein könne, und wunderten sich darüber, daß man sich mehrere Tage damit beschäftigen könne, sich die Züge eines Gesichts, dessen Mienen und Farbenwechsel, die kleinen Bewegungen eines Kopfes und der Hände und den vibrierenden Tonfall einer Stimme ins Gedächtsnis zurückzurufen. Dann aber deutete der Bauer mit der Peitsche nach einem Schieferdach, das eine Viertelmeile entfernt lag, und sagte, das seien Justizrats, und da kam der gute Mogens aus dem Stroh in die Höhe, starrte ängstlich nach dem Dache, hatte ein seltsam beklommenes Gefühl, versuchte sich vorzustellen, daß niemand zu Hause sei, wurde aber hartnäckig in die Vorstellung hineingezogen, daß große Gesellschaft sei, und konnte sich nicht wieder davon losmachen, obgleich er zählte, wieviel Kühe »Landlust« auf der Weide hatte und wieviel Kieshaufen er längs des Weges sah. Endlich hielt der Bauer dort an, wo ein kleiner Weg nach dem Landhause hinunterführte, Mogens ließ sich vom Wagen herabgleiten und begann, sich die kleinen Strohstücke abzubürsten, während der Wagen langsam über den Kies des Weges weiter knirschte. Er näherte sich der Gartenpforte Schritt für Schritt, sah ein rotes Tuch hinter den Balkonfenstern verschwinden, einen kleinen verlassenen Nähkorb auf der Balkonbalustrade, und den Rücken eines leeren Schaukelstuhles sich noch schwingen. Er trat in den Garten, den Blick unablässig auf den Balkon geheftet, hörte den Justizrat guten Tag sagen, wandte sich nach der Stimme um und sah ihn nicken, während er die beiden Arme voll leerer Blumentöpfe hatte. Dann sprachen sie dies und jenes, der Justizrat fing an zu entwickeln, wie man gewissermaßen sagen könne, der alte Kastenunterschied zwischen den Baumsorten sei durch das Pfropfen geschwunden, letzteres sei ihm übrigens sehr zuwider. Endlich kam Kamilla in ein blaues Tuch gehüllt langsam auf sie zu. Sie hatte die Arme in das Tuch gewickelt und grüßte mit einer leichten Kopfbewegung und einem matten Willkommen. Der Justizrat ging mit seinen Blumentöpfen; Kamilla sah über die Schultern nach dem Balkon, Mogens blickte sie an. Wie es ihm inzwischen ergangen sei? Ihm habe nichts gefehlt. Viel gerudert? Ach ja, wie immer, vielleicht nicht ganz soviel. Sie drehte sich nach ihm um, sah ihn kalt an, legte den Kopf ein wenig auf die Seite und fragte mit halbgeschlossenen Augen und einem matten Lächeln, ob die schöne Magelone ihn mit Beschlag belegt habe. Er wußte nicht, was sie meinte, aber er glaubte es beinahe. Darauf standen sie eine Weile und sagten gar nichts. Kamilla tat ein paar Schritte nach einer Ecke, wo eine Bank und ein Gartenstuhl standen; sie setzte sich auf die Bank und bat ihn, nachdem sie sich gesetzt, Platz zu nehmen, indem sie auf den Stuhl sah; er müsse ja müde sein nach dem langen Wege. Er setzte sich auf den Stuhl.

Ob er glaube, daß etwas aus der projektierten Verbindung in der Königsfamilie werde? Ob es ihm vielleicht gleichgültig sei? Natürlich kümmere er sich nicht um das Königshaus? Selbstverständlich hasse er die Aristokratie? Es gebe ja nur wenig junge Herren, die nicht meinten, die Demokratie sei Gott weiß was. Er gehöre wohl zu denen, die den Familienverbindungen des Königshauses durchaus keine politische Bedeutung beilegten. Vielleicht irre er doch. Man hatte doch gesehen … Sie hielt plötzlich verwundert inne, weil Mogens, der anfangs über dies alles ein wenig erschrocken gewesen, jetzt ganz vergnügt aussah. Ob er wohl gar dasaß und sich über sie lustig machte? Sie wurde ganz rot.

»Interessieren Sie sich sehr für Politik?« fragte sie ängstlich.

»Nicht im geringsten.«

»Warum lassen Sie mich denn eine Ewigkeit politisieren?«

»Ach, Sie sagen das alles so hübsch; es ist ganz gleichgültig, wovon Sie sprechen.«

»Das ist wirklich kein Kompliment.«

»Doch, das ist es gerade«, versicherte er eifrig, als es ihm schien, daß sie ganz beleidigt aussah.

Kamilla brach in ein Gelächter aus, sprang auf und lief ihrem Vater entgegen, faßte ihn unter den Arm und führte ihn dann zu dem erstaunten Mogens.

Als das Mittagessen vorüber war und sie auf dem Balkon Kaffee getrunken hatten, schlug der Justizrat einen Spaziergang vor. Sie gingen alle drei den kleinen Weg über die große Landstraße nach einem schmalen Pfad, der zu beiden Seiten Roggenstoppeln hatte, und von wo der Zauntritt über die Hecke führte. Da stand die Eiche und all das andere; sogar Winden waren noch in der Dornenhecke. Kamilla bat Mogens, ihr doch einige davon zu holen. Er riß sie alle ab und kam mit einer ganzen Handvoll zurück.

»Danke, so viele will ich nicht«, sagte sie, nahm einige und ließ den Rest auf die Erde fallen.

»Dann wollte ich, ich hätte sie sitzen lassen«, sagte Mogens ernst.

Kamilla bückte sich und begann, sie wieder aufzusammeln. Sie hatte erwartet, daß er ihr helfen würde und sah erstaunt nach ihm auf, aber er stand ganz ruhig da und blickte auf sie herab. Hatte sie nun einmal damit angefangen, so mußte sie auch fortfahren, und aufgesammelt wurden sie; aber nachher sprach sie allerdings lange, lange nicht mit Mogens, ja, sie sah nicht einmal nach der Seite hin, wo er ging. Aber sie mußten sich doch ausgesöhnt haben, denn als sie auf dem Heimwege wieder an die Eiche kamen, trat Kamilla unter dieselbe und blickte nach ihrer Krone hinauf, trippelte von einer Seite auf die andere, gestikulierte mit den Händen und sang, und Mogens mußte in das Haselnußgesträuch gehen und sehen, wie er sich ausgenommen hatte. Plötzlich lief Kamilla auf ihn zu, aber Mogens fiel aus der Rolle und vergaß zu schreien und zu laufen, und Kamilla erklärte lachend, sie sei sehr unzufrieden mit sich und hätte sich die Dreistigkeit nicht zugetraut, stehen zu bleiben, wenn ein so entsetzliches Geschöpf, und dabei zeigte sie auf sich selbst, ihr entgegen gestürmt komme. Aber Mogens erklärte, daß er sehr mit sich zufrieden sei.

Als er gegen Sonnenuntergang nach Hause ging, begleiteten der Justizrat und Kamilla ihn ein Stück Wegs. Und als sie dann wieder heimkehrten, sagte sie ihrem Vater, daß sie den einsamen Menschen noch recht oft während des einen Monats einladen müßten, wo die Rede davon sein könne, auf dem Lande zu bleiben; denn er kenne ja gar keine Menschen hier draußen, und der Justizrat sagte ja und lächelte darüber, daß man ihn für so arglos halte, aber Kamilla sah mild und ernst aus, damit man nicht daran zweifelte, daß sie das Mitleid in höchsteigner Person sei.

Es wurde nun wirklich so mildes Herbstwetter, daß Justizrats noch einen ganzen Monat auf Kap Trafalgar blieben, und das Mitleid brachte es dahin, daß Mogens in der ersten Woche zweimal und in der dritten ungefähr jeden Tag kam. Es war an einem der letzten Tage des schönen Wetters; früh am Morgen hatte es geregnet und bis weit in den Vormittag hinein war es bewölkt gewesen, jetzt aber war die Sonne hervorgekommen und schien so kräftig und warm, daß die nassen Gartenwege, die Grasplätze und die Zweige der Bäume in einem leichten, feinen Dampf dastanden. Der Justizrat schnitt Astern, Mogens und Kamilla nahmen in einer Ecke des Gartens einige späte Winteräpfel ab. Er stand mit einem Korb am Arm auf einem Tische, sie stand auf einem Stuhl und hielt die Zipfel einer großen, weißen Schürze.

»Nun, was wurde denn daraus!« rief sie Mogens ungeduldig zu, der sich mitten in der Erzählung eines Märchens unterbrach, um einen Apfel zu erreichen, der hoch oben saß.

»Also«, fuhr er nun fort, »da fing der Bauer an, dreimal um sich herum zu laufen und zu singen: ›Nach Babylon! Nach Babylon! Mit einem Eisenring durch meinen Kopf.‹ Dann flogen er und sein Kuhkalb, seine Großmutter und sein schwarzer Hahn; sie flogen über Meere so breit wie Arup Vejle, über Berge so hoch wie die Kirche zu Jannerup, über Himmerland und durch das Holsteinsche, direkt bis ans Ende der Welt. Da saß der Kobold und aß Frühstück; er war gerade fertig, als sie kamen.

›Du solltest ein wenig gottesfürchtig sein, Alter‹, sagte der Bauer, ›sonst könnt es leicht kommen, daß du am Himmelreich vorbeikommst.‹

›Er wollte ja gern gottesfürchtig sein.‹

›Dann mußt du nach Tische beten‹, sagte der Bauer … nein, ich erzähle nicht mehr«, sagte Mogens ungeduldig.

»Nun, so lassen Sie's«, sagte Kamilla und sah erstaunt zu ihm auf.

»Ich kann es ja ebenso gut gleich sagen«, fuhr Mogens fort, »ich will Sie etwas fragen, aber Sie dürfen mich nicht auslachen.«

Kamilla sprang vom Stuhl herunter.

»Sagen Sie mir: – nein, ich will selbst etwas sagen, – hier ist der Tisch und da ist die Hecke, wenn Sie nicht meine Braut sein wollen, so springe ich mit dem Korb über die Hecke und bin fort. Eins.«

Kamilla sah verstohlen zu ihm auf und merkte, wie das Lächeln aus seinem Gesicht schwand.

»Zwei.«

Er war ganz bleich vor Bewegung.

»Ja«, flüsterte sie, ließ die Zipfel der Schürze los, sodaß die Äpfel nach allen Seiten hin rollten, und lief dann fort.

Aber sie lief Mogens nicht fort.

»Drei«, sagte er, als er sie erreichte, aber er küßte sie doch.

Der Justizrat wurde bei seinen Astern gestört, aber der Amtmannssohn war eine allzu tadellose Mischung von Natur und Zivilisation, als daß der Justizrat Schwierigkeiten gemacht hätte.

Es war gegen Ende des Winters; die große, dicke Schneedecke, welche dem ununterbrochenen Schneetreiben einer ganzen Woche zuzuschreiben war, schmolz fort. Die Luft war voll Sonne und Widerschein vom weißen Schnee, der in großen, funkelnden Tropfen von den Fenstern herablief. Im Zimmer waren alle Formen und Farben geweckt, alle Linien und Umrisse waren wie lebend: das Flache streckte sich, das Gebogene krümmte sich, das Schräge fiel ab und das Gebogene brach sich. Alle grünen Töne wimmelten durcheinander auf dem Blumentisch, vom weichsten dunkelgrün an bis zum schärfsten hellgrün. Die braunroten Töne flossen in Flammen über die Mahagoniplatte des Tisches, Gold funkelte und blitzte von den Nippes, von Rahmen und Leisten; aber auf dem Teppich brachen sich alle Farben in einem lustigen, glänzenden Getümmel.

Kamilla saß am Fenster und nähte, und sie und die drei Grazien auf der Konsole waren ganz und gar in ein rötliches Licht von den roten Gardinen eingehüllt, und Mogens, der langsam im Zimmer auf und ab wanderte, ging jeden Augenblick durch schräge Lichtsäulen von mattregenbogenfarbenem Staub.

Er war in gesprächiger Laune.

»Ja«, sagte er, »es sind eigentümliche Leute, mit denen Ihr umgeht; es gibt nichts zwischen Himmel und Erde, womit sie nicht im Handumdrehen fertig wären; *dies* ist gemein, und *das* ist edel; dies ist das Dümmste, was seit Erschaffung der Welt getan, und das ist das Klügste; *das* da ist so häßlich, so häßlich, und *jenes* ist so schön, daß es sich nicht beschreiben läßt; und über alles sind sie alle miteinander so einig; es ist, als ob sie eine bestimmte Tabelle hätten oder etwas, wonach sie rechnen, denn sie bekommen immer alle dasselbe Fazit, worin es auch sein mag. Wie sie sich einander ähnlich sind, diese Menschen! Alle wissen sie dasselbe und sprechen von demselben; sie haben alle dieselben Worte und dieselben Ansichten.«

»Du willst doch wohl nicht behaupten«, wandte Kamilla ein, »daß Karlsen und Rönholt dasselbe sagen?«

»Ja, das sind nun die Schönsten von allen, sie gehören zu verschiedenen Parteien! Ihre Grundanschauungen sind so verschieden wie Tag und Nacht! Nein, das sind sie nicht, sie sind so einig, daß es eine Lust ist; vielleicht gibt es wirklich eine Kleinigkeit, über die sie sich nicht einig sind, vielleicht ist es nur ein Mißverständnis, aber es ist bei Gott die reine Komödie, ihnen anzuhören; es ist, als hätten sie alles mögliche verabredet, um sich nicht einig zu werden; sie fangen an, indem sie laut sprechen, dann reden sie sich gleich in Hitze, und darauf sagt der eine in der Hitze etwas, das er gar nicht meint, und dann sagt der andere das gerade Gegenteil, das er auch nicht meint, und darauf greift der eine an, was der andere nicht meint, und der andere das, was der eine nicht meint, und dann ist das Spiel im Gange.«

»Aber was haben sie dir denn getan?«

»Sie ärgern mich, diese Kerle, wenn man ihnen ins Gesicht sieht, ist es gleichsam, als ob man Brief und Siegel darauf bekäme, daß in Zukunft nichts Besonderes mehr auf der Welt geschehen wird.«

Kamilla legte die Näherei beiseite, ging hin und faßte die Spitzen seines Rockkragens und sah ihn schelmisch fragend an.

»Ich kann den Karlsen nicht vertragen«, sagte er ärgerlich und schüttelte den Kopf.

»Nun, was weiter?«

»Und dann bist du sehr, sehr lieb«, murmelte er komisch verzogen.

»Was weiter?«

»Weiter«, fuhr er auf, »sieht er dich an und hört dir zu und spricht mit dir in einer Weise, die ich nicht leiden kann; er soll das lassen, ja, denn du bist mein und nicht sein. Nicht wahr! Du bist nicht sein, gar nicht sein. Du bist mein, du hast dich mir verschrieben, wie der Doktor dem Teufel, du bist mein mit Leib und Seele, mit Haut und Haar, bis in alle Ewigkeit.«

Sie nickte ihm ein wenig ängstlich zu, blickte ihn treu an, bekam Tränen in die Augen und schmiegte sich an ihn; er umschlang sie, beugte sich nieder und küßte sie auf die Stirn.

Am Abend desselben Tages begleitete Mogens den Justizrat auf die Post; dieser hatte nämlich eine plötzliche Ordre wegen einer Amtsreise erhalten, die er unternehmen mußte. Kamilla sollte deshalb am Morgen des nächsten Tages zu ihrer Tante hinaus und dort bleiben, bis er zurückkam.

Als Mogens seinen künftigen Schwiegervater fortbegleitet hatte, ging er nach Hause und dachte daran, daß er Kamilla mehrere Tage nicht sehen würde. Er ging die Straße hinunter, wo sie wohnte. Diese war lang und schmal und wenig belebt. Im entlegensten Teil derselben rollte ein Wagen fort; in jener Richtung vernahm man auch das Geräusch von Fußtritten, die sich verloren. Jetzt hörte er nur noch einen Hund in dem Gebäude hinter sich heulen. Er sah an dem Hause empor, wo Kamilla wohnte; in der unteren Etage war es wie gewöhnlich dunkel, und die gekalkten Fensterscheiben erhielten nur ein wenig flackerndes Leben vom Schein der Laterne am Nachbarhause. In der zweiten Etage standen die Fenster offen und aus einem derselben ragte ein ganzer Haufen Bretter aus dem Fensterrahmen hervor. Bei Kamilla war es dunkel, darüber war es auch dunkel, nur in dem einen Bodenfenster glänzte ein weißgoldiger Schein vom Mond. Über das Haus jagten die Wolken in wilder Flucht hin. Die Fenster der Gebäude zu beiden Seiten waren erhellt.

Das dunkle Haus machte Mogens traurig, so trostlos und verlassen stand es da; die geöffneten Fenster klirrten in ihren Haken, das Wasser lief eintönig trommelnd durch die Dachrinne, dann und wann fiel irgendwo, für ihn nicht sichtbar, ein wenig Wasser mit einem hohlen, weichen Laut, und der Wind sauste schwer durch die Gasse. Das dunkle, dunkle Haus! Mogens traten Tränen in die Augen, es beengte ihm die Brust, und er hatte die seltsam dunkle Empfindung, daß er sich Kamilla gegenüber etwas vorzuwerfen habe. Dann dachte er an seine Mutter, und die Sehnsucht bemächtigte sich seiner, den Kopf in ihren Schoß legen und sich ausweinen zu können.

So stand er lange, die Hand auf die Brust gepreßt, bis ein Wagen im scharfen Trab durch die Gasse gefahren kam; diesem ging er nach, und nach Hause. Er mußte lange an der Haustür rütteln, bis diese sich öffnete, dann lief er trällernd seine Treppen hinauf, und als er ins Zimmer gekommen, warf er sich mit einem Smolletschen Roman in der Hand aufs Sofa und lachte bis nach Mitternacht.

Endlich wurde es zu kalt im Zimmer, er sprang auf und ging stampfend hin und her, um die Kälte zu vertreiben. Am Fenster blieb er stehen: der Himmel war an der einen Seite so hell, daß die schneebedeckten Dächer mit ihm verschmolzen; an der andern Seite zogen einige lange Wolken und unter diesen hatte die Luft einen seltsam rötlichen Schein, einen unsicher wogenden Schein, einen roten, rauchigen Nebel; er riß das Fenster auf, nach der Gegend von Justizrats hin war Feuer ausgebrochen. Die Treppe hinunter, die Straße hinunter, so schnell er konnte: durch eine Quergasse, durch eine Seitengasse und dann geradeaus; noch konnte er nichts sehen; als er aber um die Ecke bog, sah er den braunroten Schein. Ungefähr zwanzig Menschen stürzten einzeln die Straße hinunter. Indem sie aneinander vorüberliefen, fragten sie, wo das Feuer sei. Man antwortete: in der Raffinerie. Mogens lief ebenso schnell wie vorher, aber ihm war viel leichter ums Herz. Noch ein paar Straßen; es kamen immer mehr Menschen, sie sprachen von der Seifenfabrik. Diese lag Justizrats gegenüber. Mogens lief wie rasend. Nur eine schräge Quergasse war noch übrig; sie war voll von Menschen, ruhige, anständig gekleidete Männer, zerlumpte, alte Weiber, die in langsam gurgelndem Ton sprachen, schreiende Lehrjungen, aufgeputzte Mädchen, die miteinander flüsterten, Eckensteher, die Witze machten, erstaunte Trunkenbolde und Trunkenbolde, die sich zankten, hilflose Polizeibeamte, und Droschken, die weder rückwärts noch vorwärts konnten. Mogens wand sich durch den Haufen. Jetzt war er an der Ecke; die Funken fielen langsam auf ihn herab. Die Straße hinauf; die Funken stoben, die Fensterscheiben zu beiden Seiten glänzten, die Fabrik brannte, Justizrats Haus brannte, und das Nachbarhaus auch. Alles war Rauch, Feuer und Verwirrung, Rufen, Fluchen, Dachziegel, die herunter rasselten, Axtschläge, Holz, das zersplitterte, Scheiben, die klirrten, Wasserstrahlen, die zischten, spritzten und plätscherten, und zwischen all diesem das regelmäßige, dumpfschluchzende Geräusch der Pumpen. Möbel, Betten, schwarze Helme, Leitern, blanke Knöpfe, helle Gesichter, Räder, Taue, Segeltuch, seltsame Instrumente; Mogens stürzte sich dazwischen, darüber, darunter, vorwärts dem Hause zu.

Die Fassade war von den Flammen der brennenden Fabrik stark erhellt, der Rauch quoll zwischen den Dachsteinen hervor und wälzte sich aus den geöffneten Fenstern des ersten Stocks heraus; drinnen knisterte und donnerte das Feuer; ein langsamer Laut, der in Rollen und Krachen überging und mit dumpfem Dröhnen endete; Rauch, Funken und Flammen drängten sich gewaltsam aus allen Öffnungen des Hauses, und dann begannen die Flammen mit doppelter Stärke und doppelter Klarheit zu spielen und zu prasseln. Mogens packte mit beiden Händen eine große Brandleiter, die gegen einen Teil der Fabrik gelehnt war, der noch nicht in Flammen stand. Einen Augenblick hielt sie sich lotrecht, dann entfiel sie ihm jedoch gegen das Haus des Justizrats und stieß im zweiten

Stock einen Fensterrahmen ein. Mogens eilte die Leiter hinauf und hinein in die Öffnung. Im ersten Augenblick mußte er des scharfen Holzrauchs wegen die Augen schließen; der dicke, qualmende Dampf, der von dem verkohlten Holz aufstieg, das die Wasserstrahlen erreicht hatten, benahm ihm den Atem. Er war im Speisezimmer. Die Wand des Wohnzimmers war beinahe ganz zusammengefallen. Das Wohnzimmer war ein großer, glühender Abgrund, die Flammen aus der Tiefe des Hauses schlugen dann und wann beinahe bis an die Decke empor, die wenigen Bretter, welche hängen geblieben waren, als der Fußboden einfiel, brannten in klaren, weißgelben Flammen; Schatten und Feuerschein wogten über die Wände, die Tapete rollte sich hier und da zusammen, fing Feuer und flog in brennenden Fetzen hinab in die Tiefe; an den losen Leisten und den Bilderrahmen leckten die gelben Flammen empor. Mogens kroch über Trümmer und Bruchstücke der eingestürzten Mauer bis an den Rand des Abgrunds, aus dem ihm kalte und heiße Luftströme abwechselnd ins Gesicht schlugen; drüben auf der andern Seite war soviel von der Wand eingestürzt, daß er in Kamillas Zimmer blicken konnte, während das Stück, welches das Bureau des Justizrats verdeckte, noch stand. Es wurde heißer und heißer, die Haut des Gesichts zog sich straff, während er merkte, wie sein Haar sich kräuselte. Etwas Schweres strich über seine Schulter und blieb ihm auf dem Rücken liegen und drückte ihn zu Boden, es war der Tragbalken, der langsam von seinem Platz herabgeglitten war. Er konnte sich nicht rühren, das Atmen wurde ihm schwerer und schwerer, und seine Schläfen pochten gewaltsam; links von ihm plätscherte ein Wasserstrahl gegen die Mauer des Speisezimmers, und er ging auf in dem einen Wunsch, daß die kalten Tropfen, die nach allen Seiten spritzten, auf ihn fallen möchten. Da hörte er ein Stöhnen auf der andern Seite des Abgrunds, und auf dem Fußboden in Kamillas Zimmer sah er etwas Weißes sich bewegen. Sie war es. Sie lag auf den Knieen und hielt sich den Kopf mit beiden Händen, während sie sich leise in den Hüften wiegte. Sie erhob sich langsam und kam an den Rand des Abgrunds. Sie stand gerade aufgerichtet, die Arme hingen schlaff herab, und der Kopf wackelte gleichsam auf dem Halse; ganz langsam sank ihr Oberkörper vornüber, ihr langes, schönes Haar fegte über den Boden, ein kurzes, heftiges Aufzucken der Flammen, und es war fort, im nächsten Augenblick stürzte sie hinab in die Glut.

Mogens stieß einen klagenden Laut aus, kurz, tief, gewaltig, wie das Geheul eines wilden Tieres, und machte in demselben Augenblick eine gewaltsame Bewegung, um von dem Abgrund fortzukommen; er konnte des Balkens wegen nicht; seine Hände tasteten über die Mauerbröckeln, dann erstarrten sie gleichsam wie zu einem gewaltsamen Griff und dann begann er in regelmäßigem Takt mit der Stirn auf das Geröll zu schlagen und stöhnte: Herr *Gott,* Herr *Gott,* Herr *Gott!*

So lag er da. Nach einiger Zeit bemerkte er, daß etwas ihn anfaßte; es war ein Feuerwehrmann, der den Balken beiseite geworfen hatte und ihn jetzt aus dem Hause tragen wollte; mit einem starken Gefühl von Unbehagen merkte Mogens, daß er aufgehoben und fortgeführt wurde. Der Feuerwehrmann trug ihn an die Öffnung, dort hatte Mogens das klare Bewußtsein, daß man ihm Ärgernis bereite, und daß der Mann, der ihn trug, ihm zu Leibe wolle; er riß sich aus seinen Armen los, ergriff eine Latte, die auf dem Boden lag, schlug den Mann damit über den Kopf, sodaß er zurücktaumelte, kam heraus aus der Öffnung und lief hoch aufgerichtet die Leiter hinunter, die Latte über dem Kopfe schwingend. Durch Getümmel, Rauch, Menschenhaufen, durch leere Straßen, über öde Plätze hinaus aufs Feld! Überall tiefer Schnee, in geringer Entfernung ein schwarzer Fleck; es war ein Kieshaufen, der über die Schneedecke hinausragte, er schlug danach mit der Latte, schlug wieder und wieder, fuhr fort danach zu schlagen, wollte ihn erschlagen, sodaß er verschwand, wollte weit fortlaufen, lief rund um denselben herum und schlug wie rasend danach; er wollte nicht verschwinden; er schleuderte die Latte weit fort und warf sich auf den schwarzen Haufen, um ein Ende damit zu machen; er bekam die Hände voll kleiner Steine, es war Kies, es war ein schwarzer Kieshaufen; weshalb lag er draußen auf dem Felde und wühlte in einem schwarzen Kieshaufen? Er roch den Rauch, die Flammen leuchteten um ihn her, er sah Kamilla in sie hinabsinken, er schrie und stürzte weiter über das Feld. Er konnte den Anblick der Flammen nicht los werden; er hielt sich die Augen zu: Flammen, Flammen! Er warf sich zur Erde und drückte das Gesicht in den Schnee: Flammen! Er sprang auf, lief zurück, lief vorwärts, bog ab: Flammen überall; vorwärts ging es über den Schnee, vorbei an Häusern, Bäumen, an einem entsetzten Gesicht vorüber, das aus einem Fenster starrte, an Schobern vorbei, und über Höfe, wo Hunde heulten und an ihren Ketten zerrten. Er lief an einem Vorderhause vorüber und stand plötzlich vor einem stark und unruhig erhellten Fenster; das Licht tat ihm wohl, davor wichen die Flammen, er ging ans Fenster und sah hinein; es war bei einem Bauer; ein Mädchen stand am Herd und rührte im Kessel, das Licht, das sie in der Hand hielt, schien ein wenig rötlich in dem starken Qualm, ein anderes Mädchen saß und rupfte Federvieh, und ein drittes sengte es über einem lodernden Strohfeuer ab, die Flammen wurden kleiner, dann kam frisches Stroh dazu, sie schlugen wieder auf, dann wurden sie wieder kleiner, noch kleiner, und erloschen. Mogens stieß zornig eine Scheibe mit dem Ellbogen ein und ging langsam weiter, drinnen schrien die Mädchen. Nun lief er wieder, lief lange unter leisem Jammern. Da kamen zerstreute Erinnerungsblitze aus der guten Zeit, und es wurde doppelt düster, wenn sie vorüber waren; er konnte es nicht ertragen, an das zu denken, was geschehen war, es durfte nicht geschehen sein, er warf sich auf die Knie und rang die Hände zum Himmel empor, indem er flehte, das Geschehene ungeschehen zu machen. Lange schleppte er sich auf den Knien vorwärts und hielt die Augen unablässig auf den Himmel gerichtet, als ob er fürchte, dieser werde sich, um seinen Bitten zu entgehen, fortschleichen, wenn er ihn nicht auch ununterbrochen ansähe. Dann schwebten die Bilder aus der guten Zeit heran, mehr und mehr in nebelleichten Reihen; es waren Bilder, die in plötzlichem Glanz vor ihm emporstiegen, und andere schwanden hin, so unbestimmt, so fern, daß sie fort waren, ehe er wußte, was es gewesen. Er saß im Schnee, bezaubert von Licht und Farbe, von Leben und Glück, und die dunkle Angst, die er anfangs empfunden, daß etwas kommen würde und alles auslöschen, war geschwunden. Es war so still um ihn her, so ruhig in ihm; die Bilder waren fort, aber das Glück war geblieben. So still! Kein Laut, aber Laute täuschen. Und dann kam Lachen und Gesang und leichte Worte und leichte Fußtritte und das dumpfe Schluchzen der Pumpen. Jammernd lief er davon, lief lange und weit, kam an die See, verfolgte den Strand, bis er über eine Baumwurzel fiel und ermüdet liegen blieb.

Mit einem weichplätschernden Laut ging das Wasser über die Kieselsteine, stoßweise säuselte es leise in den nackten Zweigen, einzelne Krähen schrien über der See, und der Morgen warf sein grelles, blaues Licht über Wald und See, über den Schnee und das bleiche Angesicht. Bei Sonnenaufgang fand ihn der Forstwart des nahen Waldes und trug ihn hinauf zum Waldhüter Nikolai; dort lag er Tage und Wochen zwischen Leben und Tod.

Ungefähr um die Zeit, wo Mogens zu Nikolai hinaufgetragen wurde, war ein Auflauf um einen Wagen am Ende der Straße, wo der Justizrat wohnte. Der Kutscher konnte nicht begreifen, weshalb der Polizist ihn hindern wollte, den ihm gegebenen Befehl auszuführen, und deshalb zankten sie sich. Es war der Wagen, der Kamilla zu ihrer Tante führen sollte.

»Nein, seitdem die arme Kamilla so jämmerlich ums Leben gekommen ist, haben wir nicht das geringste von ihm gesehen.«

»Ja, es ist merkwürdig, was in einem Menschen stecken kann. Man ahnte nichts. So still und verlegen, beinahe linkisch. Nicht wahr, gnädige Frau, Sie hatten nicht die leiseste Ahnung.«

»Von der Krankheit! Ach Gott, wie können Sie fragen! – Wenn Sie meinen – ich verstand Sie nicht recht – daß es etwas ist, das im Blute gelegen, etwas Erbliches? – Ja, ich erinnere mich, – ich glaube, man hat den Vater nach Aarhus gebracht. War es nicht so, Herr Karlsen?«

»Nein! – Doch, aber es war, um ihn zu begraben, seine erste Frau liegt dort. Nein, Sie wissen, ich dachte an das entsetzliche oder – ja, an das entsetzliche Leben, das er während dieser zwei oder dritthalb Jahre geführt hat.«

»So, nein – nein! Davon weiß ich gar nichts!«

»Na – ja – nein – das sind ja nicht Dinge, von denen man gern spricht, man will ja nicht ... nun! Sie verstehen! Die Rücksicht auf den lieben Nächsten. Die Familie des Justizrats ...«

»Ja, was Sie sagen, hat natürlich seine Berechtigung – aber andererseits – sagen Sie mir ganz aufrichtig, liegt nicht ein falsches, pietistisches Bestreben in der Zeit, die Schwächen der Mitmenschen zu verschleiern, zu verdecken und – ich verstehe mich natürlich nicht auf dergleichen – aber glauben Sie nicht, daß die Wahrheit oder die öffentliche Moral, ich meine nicht jene Moralität, sondern – Moral, Zustände, was Sie wollen, – daß diese darunter leiden?«

»Ganz gewiß! Und es freut mich außerordentlich, so einig mit Ihnen zu sein, und in diesem Falle ... die Sache ist einfach die, daß er Exzesse aller möglichen Arten begangen hat, mit dem niedrigsten Pöbel in der ruchlosesten Weise gelebt hat, mit Leuten ohne Ehre, ohne Gewissen, ohne Stellung, Religion oder sonst was, Tagediebe, Gaukler, Zechbrüder und – und im Namen der Wahrheit: leichtfertige Frauenzimmer.«

»Und das, nachdem er mit Kamilla verlobt gewesen, Gott im Himmel, und nachdem er drei Monate an Gehirnentzündung darnieder gelegen!«

»Ja – und was setzt das nicht für Neigungen voraus, und wie glauben Sie, daß seine Vergangenheit gewesen sein mag?«

»Und Gott weiß, wie es während der Verlobungszeit mit ihm bestellt gewesen sein mag. Er war etwas verdächtig. Das ist nun meine Anschauung.«

»Verzeihen Sie, gnädige Frau, und verzeihen auch Sie, Herr Karlsen, Sie haben das Ganze ein wenig abstrakt genommen, sehr abstrakt; ich habe zufällig sehr konkrete Berichte von einem Freunde drüben auf Jütland und kann die Sache in ihren Details darstellen.«

»Herr Rönholt, Sie wollen doch wohl nicht ...«

»Details anführen? Ja, das will ich, wenn die gnädige Frau es gestattet. Danke. Er hat allerdings nicht gelebt, wie man nach einer Gehirnentzündung leben muß. Er ist auf den Märkten mit ein paar Zechbrüdern umhergestreift und soll auch nicht ohne Berührung mit Gauklerbanden gewesen sein, und da namentlich mit dem weiblichen Personal. Vielleicht wäre es das Klügste, wenn ich hinaufliefe und die Briefe meines Freundes holte. Wenn Sie erlauben? Werde gleich wieder hier sein.«

»Finden Sie nicht, Herr Karlsen, daß Rönholt heute besonders liebenswürdig ist?«

»Ja! – Unstreitig, aber Sie dürfen nicht vergessen, gnädige Frau, daß er all seine Galle in einem Artikel der Morgenzeitung ausgeleert hat. Zu denken, daß man zu behaupten wagt – es ist geradezu Aufruhr, Verachtung des Gesetzes, denn – hm ...«

»Haben Sie den Brief gefunden?«

»Jawohl. Darf ich anfangen? Lassen Sie mich sehen – ja: »Unser gemeinsamer Freund, den wir im vorigen Jahre in Mönsted trafen und den du ja von Kopenhagen her kennst, hat während der letzten Monate in hiesiger Gegend gehaust; er sieht ganz aus wie damals, derselbe bleiche, düstre Ritter von der traurigen Gestalt. Er ist die lächerlichste Mischung von forciertem Leichtsinn und stiller Hoffnungslosigkeit, ist affektiert rücksichtslos und brutal gegen sich selbst und andere, ist still und wortkarg und scheint sich durchaus nicht zu amüsieren, obgleich er nichts anderes tut als schwärmen und zechen; es bleibt bei dem, was ich schon damals sagte, er hat die fixe Idee, sich als vom Schicksal persönlich beleidigt anzusehen. Sein Umgang hier war namentlich ein Pferdehändler, der Krugküster genannt, weil er immer singt und immer zecht, und ein verkommenes, hochaufgeschossenes Zwischending von Matrose und Hausierer, bekannt und gefürchtet unter dem Namen Peer Steuerlos, außerdem auch Schön Abelone; in der letzten Zeit mußte dieser jedoch einem dunklen Frauenzimmer Platz machen, das zu einer Gauklerbande gehörte und uns während einiger Zeit mit Vorstellungen im Seiltanz und Kraftkünsten beglückte. Du kennst diese Art Frauenzimmer, mit scharfen, gelben, frühgealterten Gesichtern; Geschöpfe, die durch Brutalität, Armut und niedrige Laster zerrüttet sind und sich zum Überfluß stets in verschossenen Samt und schmutziges Rot kleiden. Da hast du die Bande. Ich verstehe die Passion unseres Freundes nicht; allerdings kam die Braut so traurig ums Leben, aber das erklärt die Sache doch nicht. Du sollst aber noch hören, wie er uns verließ. Ein paar Meilen von hier war Markt; er, Steuerlos, der Pferdehändler, und das Frauenzimmer saßen in einem Wirtshauszelt und zechten bis tief in die Nacht hinein. Um drei Uhr ungefähr waren sie endlich zur Abfahrt bereit. Sie kamen also auf den Wagen, und alles geht auch gut; da biegt aber unser gemeinsamer Freund von der Landstraße ab, und fort geht es mit ihnen über Felder und Heide, was die Pferde nur laufen können. Der Wagen wird von einer Seite auf die andere geschleudert. Das wird dem Pferdehändler endlich zu bunt und er schreit, er wolle herunter. Als er abgestiegen ist, peitscht unser Freund wieder drauf los und lenkt gerade auf einen hohen Heidehügel zu; da wird dem Frauenzimmer angst, sie springt ab und nun geht es in wilder Fahrt den Hügel hinauf und wieder hinunter, und es ist ein Wunder, daß der Wagen nicht vor den Pferden unten ankommt. Bei der Hinauffahrt hatte Peer sich jedoch vom Wagen geschlichen und zum Dank für die Fahrt warf er dem Kutscher sein großes Klappmesser an den Kopf.«

»Der arme Mensch! Aber das mit dem Frauenzimmer ist doch garstig.«

»Abscheulich, gnädige Frau, entschieden abscheulich. Glauben Sie wirklich, Herr Rönholt, daß diese Darstellung jenen Menschen in ein besseres Licht stellt?«

»Nein, aber in ein festeres; Sie wissen, im Dunkeln hält man die Dinge oft für größer als sie sind.«

»Kann man sich etwas Schlimmeres denken?«

»Wenn nicht, so ist dies das Schlimmste, aber Sie wissen, man soll nie das Schlimmste vom Menschen glauben.«

»Eigentlich meinen Sie ja, daß das ganze nicht so schlimm ist, daß etwas Frisches darin liegt, etwas eminent Plebejisches, das Ihrem Hang zur Demokratie zusagt.«

»Sehen Sie denn nicht, daß er sich zu seiner Umgebung recht aristokratisch verhält?«

»Aristokratisch! Nein, das ist doch wohl paradox. Wenn der nicht
Demokrat ist, so weiß ich wirklich nicht, was er ist.«

»Nun, es gibt doch auch andere Bezeichnungen.«

Weiße Traubenkirschen blühten, blauer Flieder, Rotdorn und strahlender
Goldregen blühten und dufteten vor dem Hause. Die Fenster mit herabgelassenen Jalousien standen offen. Mogens lehnte sich ins Fenster hinein,
die Jalousien lagen auf seinem Rücken. Es war wohltuend fürs Auge,
nach all der Sommersonne auf Wald und Wasser und in der Luft, in
das gedämpfte, weiche, ruhige Licht eines Zimmers zu blicken. Eine
große, üppige Dame stand drinnen mit dem Rücken gegen das Fenster
und steckte Blumen in eine große Vase. Die Bluse ihres hellroten Mor-
genrocks wurde hoch unter der Brust von einem schwarzen Ledergürtel
zusammengehalten, auf dem Boden hinter ihr lag ein schneeweißer Fri-
siermantel, ihr dickes, hochblondes Haar lag in einem dunkelroten
Nachtnetz.

»Nach dem Gelage von gestern bist du heute ein wenig bleich«, war
das erste, was Mogens sagte.

»Guten Morgen«, antwortete sie und reichte ihm, ohne sich umzusehen, die Hand und die Blumen, die sie hielt. Mogens nahm eine der
Blumen. Laura drehte den Kopf halb um, öffnete die Hand ein wenig
und ließ die Blumen in Zwischenpausen zur Erde fallen. Dann begann
sie wieder, sich mit der Vase zu beschäftigen.

»Krank?« fragte Mogens.

»Müde.«

»Ich frühstücke heute nicht bei dir.«

»Nicht!«

»Wir können auch nicht zusammen zu Mittag essen.«

»Willst du fischen gehen?«

»Nein! – Leb wohl!«

»Wann kommst du wieder?«

»Ich komme nicht wieder.«

»Was soll das heißen?« fragte sie, ordnete ihr Kleid, trat ans Fenster
und setzte sich dort auf den Stuhl.

»Ich bin deiner müde. – Weiter nichts!«

»Jetzt bist du böse, was ist denn los? Was habe ich dir denn getan?«

»Nichts, aber da wir weder verheiratet noch wahnsinnig vor Liebe zu einander sind, sehe ich nicht ein, daß es etwas Besonderes ist, wenn ich fortgehe.«

»Bist du eifersüchtig?« fragte sie ganz leise.

»Auf so eine wie du! Gott schütze meinen Verstand!«

»Aber was soll dies alles heißen?«

»Das heißt, daß ich deiner Schönheit müde bin, daß ich deine Stimme und deine Bewegungen auswendig kann, und daß weder deine Launen noch deine Dummheit oder deine Verschlagenheit mich mehr unterhalten können. Kannst du mir nun also sagen, weshalb ich bleiben sollte?«

Laura weinte. »Mogens! Mogens, wie kannst du das übers Herz bringen! O was soll ich, was soll ich, was soll ich, was soll ich anfangen! Bleib nur heute noch, nur heute, Mogens, du darfst nicht von mir gehen.«

»Ach, das ist ja Lüge, Laura, das glaubst du nicht einmal selbst; nicht, weil du so schrecklich viel von mir hältst, bist du so betrübt; es ist nur ein wenig Bestürzung über die Veränderung, du hast Angst vor kleinen Störungen in deinen täglichen Gewohnheiten. Ich kenne das sehr wohl. Du bist nicht die erste, der ich überdrüssig geworden bin.«

»O bleib nur heute bei mir, dann will ich dich nicht mehr quälen, auch nur noch eine Stunde zu bleiben.«

»Ihr seid wahre Hunde, ihr Frauenzimmer! Ihr habt nicht die Spur von Ehre im Leibe; wenn man euch einen Fußtritt gibt, so kommt ihr wieder angekrochen.«

»Ja, ja, das tun wir, aber bleib nur heute noch – wie? – Bleib!«

»Bleib! Bleib! Nein!«

»O Du hast mich nie geliebt, Mogens.«

»Nein.«

»Doch, das hast du doch: an jenem Tage hast du mich geliebt als es so stark wehte, o der schöne Tag da unten am Strande, als wir hinter dem Boote saßen.«

»Närrisches Mädchen!«

»Wenn ich nur ein ordentliches Mädchen von seinen Eltern wäre, und nicht so eine, wie ich bin, dann würdest du wohl bei mir bleiben; dann brächtest du es nicht übers Herz, so hart zu sein – und ich, die ich dich so lieb habe!«

»Das sollst du nicht.«

»Nein, ich bin wie der Staub unter deinen Füßen, mehr bin ich dir nicht. Kein gutes Wort, nur harte Worte; Verachtung, das ist gut genug für mich.«

»Die andern sind weder besser noch schlechter als du. Leb wohl, Laura!«

Er reichte ihr die Hand, aber sie hielt die Hände auf dem Rücken und jammerte: »Nein, nein, nicht Lebewohl! Nicht Lebewohl!«

Mogens hob die Jalousie empor, ging ein paar Schritte zurück und ließ sie vors Fenster fallen. Laura lehnte sich schnell über die Brüstung und flehte: »Komm her zu mir! Komm und gib mir deine Hand.«

»Nein.«

Als er eine kurze Strecke fort war, rief sie klagend: »Leb wohl, Mogens!«

Er drehte sich um und grüßte leicht. Dann ging er weiter: »Und solch ein Mädchen glaubt noch an Liebe! – Nein, das tut sie nicht.«

Vom Meer her zog der Abendwind übers Land, und der Strandhafer wiegte seine bleichen Ähren und hob die spitzen Blätter ein wenig, die Binsen schwankten, das Dünenwasser war dunkel von tausend feinen Furchen, und die Blätter der Wasserblumen zuckten unruhig an ihren Stengeln. Dann begannen des Heidekrauts dunkle Spitzen zu nicken, und auf den Landflächen schwankte die Flockenblume haltlos hin und her. Landeinwärts! Die Haferfelder neigten sich, der junge Klee zitterte auf den Stoppelfeldern, und der Weizen wurde hoch und niedrig in schweren Wagen heimgeführt, die Dächer dehnten sich, die Mühle krachte, die Flügel gingen herum, der Rauch schlug in die Schornsteine hinab und die Fensterscheiben liefen an.

Es sauste in den Luken, in den Pappeln des Herrensitzes; es pfiff durch das zerzauste Gebüsch auf dem Grünhügel von Bredbjerg. Mogens lag dort oben und blickte über die dunkle Erde fort. Der Mond war im Begriff, Glanz zu bekommen, die Nebel jagten unten über die Wiese. Es war so traurig, das ganze Leben, leer hinter ihm und düster vor ihm. Aber so war das Leben einmal. Die, die glücklich waren, waren auch blind. Er hatte vom Unglück gelernt zu sehen; alles war ungerecht und lügenhaft, die ganze Erde war eine große, rollende Lüge; Treue, Freundschaft, Barmherzigkeit, Lüge war es, Lüge auch das kleinste; aber das, was man Liebe nannte, das war doch das Hohlste vom Hohlen, Lust war es, flammende Lust, glimmende Lust, qualmende Lust, aber Lust und nichts anderes. Weshalb mußte er das wissen? Weshalb hatte er nicht im Glauben an all diese vergoldeten Lügen verharren dürfen? Weshalb mußte er sehen, während die anderen blind blieben? Er hatte ein Recht auf Blindheit, er hatte an alles geglaubt, woran man glauben konnte.

Unten im Orte wurden die Lichter angezündet.

Da unten stand Heim neben Heim. Mein Heim! Mein Heim! Und mein Kinderglaube an all das schöne auf der Welt! – Und wenn die andern nun recht hätten! Wenn die Welt voll wäre von klopfenden Herzen, und im Himmel ein liebreicher Gott! Aber weshalb weiß denn ich es nicht, weshalb weiß ich etwas anderes? Und ich weiß etwas anderes, so schneidend, so bitter, so wahr …

Er stand auf, Feld und Wiesen lagen im vollen Mondenlicht vor ihm. Er ging hinunter in den Ort, den Weg am Herrenhause vorüber, und dabei sah er über die Steinmauer. Auf einem Grasplatz im Garten stand eine Silberpappel, das Mondlicht fiel scharf auf die zitternden Blätter, bald kehrten sie die dunkle Seite hervor, bald die helle. Er legte die Arme auf den Zaun und starrte auf den Baum, es sah aus, als ob die Blätter an den Zweigen herabrieselten. Er glaubte das Geräusch hören zu können, welches das Laub machte. Plötzlich erklang ganz in der Nähe eine schöne Frauenstimme:

»Du Blume im Tau!
Du Blume im Tau!
Sag flüsternd mir deine Träume.
Durchweht sie auch dieselbe Luft,
Derselbe seltsame Elfenreichduft,
Wie meine?
Und flüstern und seufzen und klagen sie nicht
In flüchtigem Duft, in schwindendem Licht,
In zitterndem Klang, in süßem Sang:
In Sehnsucht,
In Sehnsucht ich lebe!«

Dann wurde es wieder still. Mogens atmete tief auf und lauschte gespannt: kein Gesang mehr; oben am Herrenhause ging eine Tür. Jetzt hörte er deutlich das Rauschen der Silberpappelblätter. Er legte das Haupt auf die Arme und weinte.

Der folgende Tag war einer von jenen, an denen der Spätsommer so reich ist. Tage mit frischem, kühlem Winde, mit vielen schnelleilenden Wolken, mit ewigem Dunkelwerden und Hellwerden, je nachdem die Wolken an der Sonne vorüberziehen. Mogens war hinauf zum Kirchhof gegangen; der Garten des Herrenhauses stieß daran. Da oben sah es ziemlich kahl aus, das Gras war vor kurzem gemäht, hinter einem alten, viereckigen Eisengitter stand ein breiter, niederer Hollunderbusch und schüttelte seine Blätter; um einzelne Gräber waren Holzrahmen, die meisten waren niedere, viereckige Hügel, einige von ihnen hatten Blechstellagen mit Inschriften darauf, andere Holzkreuze, von denen die Farbe abgeblättert war, noch andere hatten Wachskränze, die meisten gar nichts. Mogens suchte eine Stelle, wo er im Schutz sitzen konnte, aber es schien an allen Seiten der Kirche zu weben. Er warf sich am Graben nieder und zog ein Buch aus der Tasche, aber es wurde doch nichts mit dem Lesen; jedesmal wenn eine Wolke an der Sonne vorüberzog, war es ihm, als würde es zu kalt, dann dachte er daran aufzustehen, aber gleich wurde es wieder hell und er blieb liegen. Da kam ein junges Mädchen langsam des Wegs, ein Windhund und ein Hühnerhund liefen spielend vor ihr her. Sie blieb stehen und schien sich setzen zu wollen, als sie Mogens jedoch gewahrte, ging sie quer über den Kirchhof durch die Pforte. Mogens erhob sich und sah ihr nach, sie ging unten auf der Landstraße, die Hunde spielten noch. Dann begann Mogens die Inschrift auf einem der Gräber zu lesen, das brachte ihn bald zum Lachen. Plötzlich fiel ein Schatten aufs Grab und blieb liegen. Mogens sah zur Seite. Ein junger, sonnverbrannter Mann stand neben ihm, die eine Hand in der Jagdtasche, in der andern eine Flinte.

»Die ist gar nicht so närrisch«, sagte er und nickte nach der Inschrift hin.

»Nein«, sagte Mogens und erhob sich aus der gebückten Stellung.

»Sagen Sie mir«, fuhr der Jäger fort und blickte zur Seite, als ob er etwas suche, »Sie sind schon ein paar Tage hier, und ich habe mich über Sie gewundert, bin aber noch nicht in Ihre Nähe gekommen; Sie gehen so allein umher, weshalb haben Sie uns nicht besucht? Womit in aller Welt verbringen Sie die Zeit? Denn Geschäfte haben Sie hier in der Gegend doch nicht?«

»Nein, ich bin zu meinem Vergnügen hier.«

»Ja, davon gibt es hier reichlich«, lachte der Fremde, »gehen Sie nicht auf die Jagd? Haben Sie nicht Lust mit mir zu kommen? Ich muß aber hinunter in den Krug und mir Hagelkörner holen, und während Sie sich zurecht machen, kann ich hinübergehen und den Schmied auszanken. Nun, gehen Sie mit?«

»Gern.«

»Aber es ist ja wahr – Thora! Haben Sie nicht ein Mädchen gesehen?« Er sprang auf den Deich. »Ja, da geht sie, das ist meine Cousine, ich kann Sie nicht vorstellen, aber kommen Sie, gehen wir ihr nach, wir hatten gewettet, nun können Sie Richter sein. Sie sollte mit den Hunden auf dem Kirchhof sein, und dann wollte ich mit Flinte und Jagdtasche vorübergehen und weder rufen noch pfeifen, und wenn die Hunde dann doch mit mir gingen, so hatte sie verloren, nun werden wir sehen.«

Bald darauf erreichten sie die Dame, der Jäger sah grade aus, konnte aber nicht unterlassen zu lächeln; Mogens grüßte, als sie vorübergingen. Die Hunde sahen dem Jäger erstaunt nach und knurrten ein wenig, dann sahen sie zu der Dame auf und bellten, sie wollte sie streicheln, aber gleichgültig gingen sie von ihr und bellten dem Jäger nach. Schritt für Schritt entfernten sie sich weiter, schielten nach ihr hin, sprangen plötzlich hinter dem Jäger her und waren, als sie ihn erreicht hatten, ganz unbändig und schossen nach allen Seiten hin und wieder zurück.

»Verloren«, rief er ihr zu, sie nickte lächelnd, drehte sich um und ging.

Die Jagd dauerte bis spät am Nachmittag; Mogens und William kamen gut miteinander aus, und Mogens mußte versprechen, am Abend nach dem Herrenhause zu kommen; das tat er auch und kam dann später fast jeden Tag, blieb aber trotz aller gastfreundlichen Einladungen im Kruge wohnen.

Es wurde eine bewegte Zeit für Mogens. Anfangs weckte Thoras Nähe alle traurigen und düsteren Erinnerungen zum Leben; oft mußte er plötzlich ein Gespräch mit anderen anfangen oder fortgehen, damit die Erregung seiner nicht vollständig Herr wurde. Sie glich Kamilla durchaus nicht, und doch sah und hörte er nur Kamilla. Thora war klein, fein und zart, leicht zum Lachen, leicht zu Tränen, leicht zur Begeisterung zu bringen, sprach sie längere Zeit ernst mit jemand, so war es nicht wie eine Annäherung, sondern mehr, als ob sie sich in sich selbst verlor; erklärte oder entwickelte ihr jemand etwas, so drückten ihr Gesicht, ihre ganze Gestalt das innigste Vertrauen und dann und wann auch wohl Erwartung aus. William und seine kleine Schwester behandelten sie wohl nicht ganz als Kameradin, aber auch durchaus nicht wie eine Fremde,

Onkel und Tante, Diener, Mägde und die Bauern der Gegend, alles machte ihr den Hof, aber so vorsichtig, und beinahe ängstlich; – sie waren ihr gegenüber ungefähr so wie der Wanderer im Walde, der in seiner Nähe einen kleinen, niedlichen Singvogel mit klaren, klugen Augen und zarten, reizenden Bewegungen sieht; er freut sich so an diesem kleinen, lebenden Wesen, möchte so gern, daß es näher und näher käme, aber wagt nicht sich zu rühren, kaum zu atmen, damit es sich nicht ängstigt und fortfliegt.

Als Mogens Thora öfter und öfter sah, kamen die Erinnerungen seltener und seltener, und jetzt fing er an, sie zu sehen, wie sie war. Es war eine Zeit voll Frieden und Glück, wenn er bei ihr war, stille Sehnsucht und stille Wehmut, wenn er sie nicht sah. Später sprach er mit ihr von Kamilla und seinem früheren Leben, und er sah fast mit Erstaunen auf sich selbst zurück, und zuweilen war es ihm unbegreiflich, daß er es war, der all das Seltsame gedacht, gefühlt und getan hatte, wovon er ihr erzählte.

Eines Abends standen er und Thora auf einer Anhöhe im Garten und sahen dem Sonnenuntergang zu. William und seine kleine Schwester spielten Haschen um die Anhöhe herum. Helle, leichte Farben zu Tausenden, kräftige, strahlende zu Hunderten. Mogens wandte sich ab und blickte auf die dunkle Gestalt an seiner Seite: wie unbedeutend nahm sie sich doch aus gegen all diese glühende Pracht; er seufzte und sah wieder in die farbenreichen Wolken. Es kam nicht wie ein wirklicher Gedanke, fern und flüchtig kam es, war eine Sekunde und verschwand, gleichsam, als hätte das Auge es gedacht.

»Nun sind die Elfen im Grünhügel froh, weil die Sonne ganz untergegangen ist«, sagte Thora.

»So – o!«

»Ja, wissen Sie denn nicht, daß die Elfen das Dunkel lieben?«

Mogens lächelte.

»Sie glauben nicht an Elfen, aber das sollten Sie doch tun. Es ist so hübsch, an all das zu glauben, an Bergelfen und Elfenmädchen. Ich glaube auch an Meerfrauen und an das Fliedermütterchen, aber Kobolde! Was soll man mit Kobolden und Höllenpferden? Die alte Maren wird böse, wenn ich das sage; denn zu glauben, was ich glaube, sei keine Gottesfurcht, sagte sie, so was kommt uns nicht zu, aber Prophezeihungen stehen im Evangelium, sagt sie. Doch was meinen Sie?«

»Ich? Ja, ich weiß nicht, – wie meinen Sie das eigentlich?«

»Sie lieben die Natur gewiß nicht?«

»Doch, im Gegenteil.«

»Ich meine nicht die Natur, wie man sie von Aussichtsbänken und Hügeln sieht, auf welche Treppen hinaufführen, wo sie feierlich angerichtet wird, sondern die Natur am Werkeltag, immer. Lieben Sie so die Natur?«

»Gerade so, jedes Blatt, jeder Zweig, jeder Lichtstrahl, jeder Schatten kann mich erfreuen. Kein Hügel ist so kahl, keine Torfgrube so viereckig, keine Landstraße so langweilig, daß ich mich nicht einen Augenblick darin verlieben könnte.«

»Welche Freude können Sie dann aber an einem Baum, einem Busch haben, wenn Sie sich nicht vorstellen, daß ein lebendes Wesen darin wohnt, welches die Blumen öffnet und schließt und die Blätter glättet? Wenn Sie einen See sehen, einen tiefen, klaren See, lieben Sie ihn dann nicht deshalb, weil Sie sich vorstellen, daß tief, tief unten Wesen wohnen, die ihre Freuden und ihre Sorgen haben, ihr eigenes seltsames Leben mit seltsamem Sehnen; und was ist zum Beispiel am Bredbjerg Grünhügel schönes, wenn Sie sich nicht denken, daß ganz, ganz kleine Gestalten darin wimmeln und summen, die seufzen, wenn die Sonne aufgeht, jedoch zu tanzen und zu spielen beginnen, wenn der Abend kommt.«

»Wie wundersam schön das ist! Und dies sehen Sie?«

»Und Sie?«

»Ich kann es nicht erklären, aber es liegt in der Farbe, in der Bewegung und in der Form, und dann in dem Leben, das darin ist; der Saft, der in Bäume und Blumen steigt, der Regen und die Sonne, die ihnen Wachstum bringen, der Sand, der in Haufen zusammenweht, und die Regenschauer, die die Abhänge furchen und zerklüften! Ach! Das läßt sich gar nicht begreifen, wenn ich es erklären soll.«

»Und ist das genug für Sie?«

»Es ist oft zuviel! – All zuviel! Und wenn nun Form und Farbe und Bewegungen so reizend sind und so leicht, und hinter all dem eine seltsame Welt liegt, die lebt und jubelt und seufzt und verlangt und das alles sagen und singen kann, dann fühlt man sich so verlassen, wenn man jener Welt nicht nahe kommen kann, und das Leben wird so matt und so schwer.«

»Nein! Nein! So dürfen Sie nicht an Ihre Braut denken!«

»O, ich denke nicht an meine Braut.«

William und die Schwester gesellten sich zu ihnen und sie gingen zusammen ins Haus.

Eines Vormittags mehrere Tage später spazierten Mogens und Thora im Garten. Mogens wollte das Traubentreibhaus sehen: dort war er noch nicht gewesen, es war ein ziemlich langes, aber nicht sehr hohes Glashaus; auf dem Dache spielte und funkelte das Sonnenlicht. Sie traten ein, die Luft war warm und feucht und hatte einen seltsam dumpfen und würzigen Geruch, wie von frisch aufgeworfener Erde. Die schönen, zackigen Blätter und die schweren, tauigen Trauben, von der Sonne durchstrahlt und beschienen, breiteten sich an der Glasdecke in weiter, grüner Seligkeit aus. Thora blickte glücklich hinauf, Mogens war unruhig und starrte bald traurig auf sie, bald in das Laub.

»Hören Sie«, sagte Thora fröhlich, »ich glaube, daß ich jetzt zu begreifen anfange, was Sie neulich auf der Anhöhe von Form und Farbe sagten.«

»Begreifen Sie sonst nichts?« fragte Mogens leise und ernst.

»Nein«, flüsterte sie, sah ihn flüchtig an, senkte den Blick und errötete, »damals nicht.«

»Damals!« wiederholte Mogens sanft und kniete vor ihr nieder. »Jetzt aber, Thora?«

Sie beugte sich zu ihm nieder, reichte ihm die eine Hand, bedeckte mit der andern die Augen und weinte. Mogens drückte die Hand an seine Brust, indem er aufstand; sie hob den Kopf empor, und er küßte sie auf die Stirn. Sie blickte ihn mit feuchten, strahlenden Augen an, lächelte und flüsterte: »Gott sei Dank!«

Mogens blieb noch eine Woche; die Verabredung war so, daß die Hochzeit um die Johanneszeit stattfinden solle. Dann reiste er ab. Der Winter kam mit dunklen Tagen, langen Nächten und einem Schneegestöber von Briefen.

Licht in allen Fenstern des Herrenhauses, Laub und Blumen über allen Türen, geschmückte Freunde und Bekannte in dichtem Gedränge auf der großen Steintreppe, alle hinausstarrend in die Dämmerung – Mogens war mit seiner jungen Gattin fortgefahren.

Der Wagen rasselte und rasselte; die geschlossenen Fenster klirrten; Thora blickte zu dem einen hinaus, auf den Landstraßengraben, auf den

Schmiedehügel, wo im Frühling die Primeln blühten, auf Bertel Nielsens großen Hollunderbusch, auf die Mühle und die Gänse des Müllers, auf den Hügel von Datum, den sie und William vor nicht all zu vielen Jahren im Schlitten hinuntergefahren waren, auf die Wiese von Datum, auf die langen ungeheuren Schatten der Pferde, die über die Steinhaufen glitten, auf die Torflöcher, auf die Roggenfelder. Sie weinte ganz leise; dann und wann, wenn sie den Tau von den Scheiben trocknete, blickte sie heimlich nach Mogens hin. Er saß vornüber gebeugt, er hatte den Reiserock aufgeknöpft, der Hut lag und schaukelte auf dem Vordersitz, die Hände hielt er vors Gesicht. An was er alles dachte! Dies war ein wundersamer Tag für ihn gewesen, und der Abschied hatte ihm beinahe allen Mut genommen. Sie hatte von allen Verwandten und Freunden Abschied nehmen müssen, von einer Unendlichkeit von Plätzen, wo die Erinnerungen übereinander geschichtet lagen bis zum Himmel hinauf, – und das, um mit ihm zu reisen! Und er war der Mann, in dessen Gewalt man sich ruhig begeben konnte, er mit seiner Vergangenheit von Roheit und Ausschweifungen! Es war nicht einmal sicher, daß es Vergangenheit war; wohl war er verändert und er begriff es kaum, was er selbst gewesen, aber man entfernt sich nie so ganz von sich selbst; es war noch immer da, alles, und hier hatte er nun das unschuldige Kind zu behüten und zu bewachen, Gott sei Dank! Er selbst hatte sich ja bis über den Kopf in den Kot gearbeitet, es würde ihm auch wohl glücken, sie hinein zu bringen! Nein! – Nein, sie sollte nicht – sie sollte ihr helles, fröhliches Mädchenleben weiter leben, trotz seiner. Und der Wagen rasselte und rasselte, die Dunkelheit war hereingebrochen, und hier und da sah er nur durch die ganz beschlagenen Scheiben die Lichter in den Häusern und Höfen, an denen sie vorüberfuhren. Thora schlummerte. Gegen Morgen kamen sie nach ihrem neuen Heim, ein Gut, das Mogens gekauft hatte. Die Pferde dampften in der kalten Morgenluft; die Sperlinge zwitscherten in den großen Linden auf dem Hofe, und der Rauch stieg langsam aus den Schornsteinen auf. Thora sah lächelnd und zufrieden auf dies alles, nachdem Mogens ihr aus dem Wagen geholfen; aber es half nichts, sie war schläfrig und zu müde, um es verbergen zu können. Mogens brachte sie auf ihr Zimmer und ging dann in den Garten, setzte sich auf eine Bank und glaubte, daß er den Sonnenaufgang sähe, nickte aber zu stark, um sich in dem Glauben erhalten zu können. Um die Mittagszeit jedoch fanden Thora und er sich wieder, fröhlich und frisch, und es war ein Umherzeigen und ein Erstaunen, und es wurde Rat gehalten, und Bestimmungen wurden getroffen und die törichtsten Vorschläge gemacht, die einstimmig für praktisch erklärt wurden. Wie strengte Thora sich an, um Interesse an den Tag zu legen, als die Kühe ihr vorgestellt wurden, und wie schwer hielt es, nicht allzu unpraktisch vergnügt über den kleinen, jungen Hund zu sein, und Mogens, wie sprach er nicht über Drainage und Kornpreise, während er stand und heimlich überlegte, wie Thora mit den roten Kornmohnblumen im Haar aussehen würde.

Und dann am Abend, als sie in ihrem Gattenzimmer saßen, und der Mond die Fenster so deutlich auf dem Fußboden abzeichnete – was spielte er da für eine Komödie, als er ihr ernsthaft vorstellte, daß sie zur Ruhe gehen, wirklich zur Ruhe gehen solle, da sie müde sein müsse, während er ihre Hand nicht losließ, – und sie ihm denn erklärte, daß er garstig sei und sie los sein wolle, daß es ihm wohl schon leid sei, eine Frau genommen zu haben, und darauf folgte dann natürlich eine Versöhnung, und sie lachten, und es wurde spät. Endlich ging Thora auf ihr Zimmer, aber Mogens blieb im Gartenzimmer, ganz unglücklich darüber, daß sie gegangen war, und dann bildete er sich schwarze Phantasien, daß sie tot und begraben, und er ganz allein auf der Welt sei; und er beweinte sie, und schließlich weinte er wirklich und wurde böse auf sich selbst, ging im Zimmer auf und ab und wollte vernünftig sein. Hier war eine Liebe, rein und edel, ohne jede grobe, irdische Leidenschaft, ja, hier war sie, und wenn sie es noch nicht war, so sollte sie es werden; ja, die Leidenschaft zerstörte alles, und sie war so garstig, so unmenschlich; wie er alles in der Menschennatur haßte, was nicht rein und klar, fein und zart war! Er war von diesem Gewaltigen, Garstigen unterjocht, unterdrückt, gequält worden, es war in seinen Augen, in seinen Ohren gewesen, es hatte all seine Gedanken verpestet. Er ging auf sein Zimmer. Er wollte lesen und nahm ein Buch, er las, aber er ahnte nicht was – ihr konnte doch nichts zugestoßen sein, – nein, er konnte es nicht aushalten, er schlich leise an ihre Tür, nein, es war so still und friedlich da drinnen, wenn er genau lauschte, glaubte er ihre Atemzüge zu hören, – wie sein Herz klopfte, ihm war, als könne er auch das hören. Er ging in sein Zimmer und an sein Buch zurück. Er schloß die Augen: wie deutlich er sie sah, er vernahm ihre Stimme, sie beugte sich zu ihm herab und flüsterte, – wie er sie liebte, sie liebte, sie liebte! In ihm sang es; es war, als nähmen seine Gedanken Rhythmus an, und so deutlich sah er alles, woran er dachte! Still, ganz still lag sie jetzt und schlief, mit dem Arm unter dem Kopf, das Haar aufgelöst, die Augen geschlossen, sie atmete so leicht – da drinnen bebte die Luft, sie war rot wie vom Widerschein von Rosen – wie ein plumper Faun, der den Tanz der Nymphen nachahmt, so gab die Bettdecke in groben Falten ihre zarte Gestalt wieder – nein, nein! Er wollte nicht an sie denken, nicht so an sie denken, nein, um keinen Preis der Welt, nein, – und nun kam das alles wieder, es war nicht fern zu halten, aber es sollte fort, fort! Aber es kam und ging, bis der Schlaf kam und die Nacht ging.

Als die Sonne am Abend des nächsten Tages untergegangen war, spazierten sie zusammen im Garten. Arm in Arm gingen sie langsam und schweigend den einen Weg hinauf, den andern hinunter, heraus aus Resedaduft, durch Rosenduft hinein in Jasminduft; einige Nachtschwärmer schwirrten an ihnen vorüber, draußen im Korn schrie die Wiesenknarre, sonst aber machte Thoras Seidenkleid das meiste Geräusch.

»Wie wir schweigen können!« rief Thora aus.

»Und wie wir gehen können«, fuhr Mogens fort, »wir sind jetzt gewiß eine Meile gegangen.«

Dann gingen sie wieder eine Zeitlang schweigend.

»An was denkst du?« fragte sie.

»Ich denke an mich selbst.«

»Das tue ich auch gerade.«

»Du denkst auch an dich?«

»Nein – an dich – Dich, Mogens.«

Er zog sie dichter an sich. Sie gingen nach dem Gartenzimmer; die Tür stand offen, drinnen war es sehr hell, und der Tisch mit dem schneeweißen Tuch, der silbernen Schüssel mit dunkelroten Erdbeeren, der glänzenden Silberkanne und den Armleuchtern machte einen festlichen Eindruck.

»Es ist wie im Märchen, wenn Hans und Grete draußen im Walde an das Pfefferkuchenhäuschen kommen«, sagte Thora.

»Willst du hinein?«

»Du vergißt wohl, daß da drinnen eine Hexe ist, die uns beide unglückliche Kinder braten und verspeisen wird. Nein, es ist viel besser, wenn wir den Zuckerfenstern und dem Pfannkuchendach widerstehen und uns die Hand geben und wieder in den dunklen Wald zurückgehen.«

Sie entfernten sich vom Gartenzimmer. Sie schmiegte sich an Mogens und fuhr fort: »Es kann auch der Palast des Großtürken sein, und du bist der Araber aus der Wüste, der mich rauben will, und die Wächter verfolgen uns, krumme Säbel blitzen und wir laufen und laufen, aber sie haben dein Pferd genommen, und nun nehmen sie uns mit und stecken uns in einen großen Sack und da sitzen wir beide drin und ertrinken zusammen im Meer. – Warte mal, was könnte es sonst noch sein ... ?«

»Weshalb darf es denn nicht sein, was es ist?«

»Ja, das darf es wohl, aber es ist zu wenig ... wenn du wüßtest, wie ich dich liebe, aber ich bin so unglücklich – ich weiß nicht, was es ist – wir sind soweit voneinander fort – nein – «

Sie schlang die Arme um seinen Hals und küßte ihn heftig und drückte die brennende Wange gegen die seine: »Ich weiß nicht, was es ist, aber manchmal bin ich nahe daran zu wünschen, daß du mich schlagen möchtest, – ich weiß, daß es kindisch ist, und daß ich so glücklich bin, so glücklich, aber trotzdem bin ich so unglücklich.«

Sie legte den Kopf an seine Brust und weinte, und dann fing sie an, während die Tränen noch flossen, ganz leise, dann aber immer lauter und lauter zu trällern:

»In Sehnsucht
In Sehnsucht ich lebe!«

»Mein geliebtes, kleines Weib!« und er nahm sie auf den Arm und trug sie hinein.

Am Morgen stand er neben ihrem Bette. Das Licht fiel ruhig und gedämpft durch die herabgelassenen Vorhänge und machte alle Linien ruhig, alle Farben gesättigt und friedlich. Es schien Mogens, als ob die Luft mit ihrem Busen in stillen Wogen stieg und fiel. Ihr Kopf lag ein wenig schief auf dem Kissen, das Haar fiel in die weiße Stirn, die eine Wange war stärker gerötet als die andere, dann und wann erzitterten die gewölbten Augenlider, die Linien des Mundes bebten unmerkbar hin und her zwischen unbewußtem Ernst und schlummerndem Lächeln. Mogens stand lange und blickte sie an, glücklich und ruhig, der letzte Schatten seiner Vergangenheit war geschwunden. Dann schlich er leise hinaus und setzte sich ins Wohnzimmer und wartete auf sie. Er hatte eine Weile gesessen, da spürte er, wie ihr Kopf auf seiner Schulter ruhte und ihre Wange sich gegen die seine preßte.

Sie gingen zusammen in den frischen Morgen hinaus. Das Sonnenlicht jubelte über die Erde fort, der Tau funkelte, früherwachte Blumen strahlten, hoch oben unter dem Himmel zwitscherte die Lerche, die Schwalben strichen durch die Luft. Sie gingen über die grüne Koppel nach der Anhöhe mit dem reifenden Roggen, sie verfolgen den Fußpfad, der hinüber führte; sie ging voran, ganz langsam und blickte über die Schulter nach ihm zurück, und sie sprachen und lachten. Je weiter sie die Anhöhe hinabkamen, desto höher wurde das Korn hinter ihnen, bald sah man sie nicht mehr.

Ein Schuß im Nebel

Das kleine, grüne Zimmer auf Stavnede war sichtlich zu dem Zwecke eingerichtet, als Durchgang zu der übrigen Zimmerflucht zu dienen. Auf jeden Fall luden die kurzlehnigen Stühle, die längs des perlfarbigen Getäfels aufgestellt waren, nicht zu längerem Verweilen ein. Mitten an der Wand hing ein Hirschgeweih und krönte eine helle Stelle, deren Form deutlich zeigte, daß hier einmal ein ovaler Spiegel seinen Platz gehabt habe. Eine der Zacken trug einen breitrandigen Damenstrohhut mit langen seladongrünen Bändern. Rechts in der Ecke standen eine Flinte und eine durstige Kalla; in der andern ein Bündel Angelruten, in eine der Schnüre war ein Paar Handschuhe eingeknüpft. Mitten im Zimmer stand ein kleiner runder Tisch mit vergoldetem Fuß; ein großes Bukett Farnkräuter lag auf der schwarzen Marmorplatte. Es war spät am Vormittag. In einer großen und goldigen Säule fiel das Sonnenlicht durch eine der oberen Scheiben und senkte sich grade auf die Farnkräuter; einige derselben waren saftig grün, die meisten waren welk, nicht trocken und zusammengeschrumpft; sie hatten ihre Form behalten, aber die grüne Farbe war einer Unendlichkeit von gelben und braunen Schattierungen gewichen, von dem zartesten Weißgelb bis zum kräftigsten Rotbraun.

Am Fenster saß ein Mann von ungefähr 25 Jahren und starrte auf jene lustigen Farben. Die Tür zum Nebenzimmer stand weit offen, und drinnen am Klavier saß eine schlanke, junge Dame und spielte. Das Klavier stand nahe am offenen Fenster, und die Brüstung war so niedrig, daß sie hinaus auf den Grasplatz und den Weg sehen konnte, wo ein junger Mann im stilvollen Reitanzug damit beschäftigt war, einen Schimmel zuzureiten. Der Reiter war ihr Bräutigam, Niels Bryde hieß er; sie war die Tochter des Hauses. Der Schimmel da draußen gehörte ihr, und es war ein Vetter von ihr, der draußen im Vorzimmer saß, ein Sohn ihres Vaterbruders, Gutsbesitzer Lind auf Begtrup, der arm und verschuldet gestorben war, und von dem zeitlebens kein gutes Wort gesprochen worden, was er auch nicht verdiente. Lind auf Stavnede hatte sich des Sohnes Henning angenommen und hatte die Kosten der Erziehung getragen, doch nur so einigermaßen, denn obgleich Henning sehr begabt war und viel Lust zu den Büchern hatte, wurde er doch vom Gymnasium genommen, sobald er konfirmiert war, und kam dann wieder heim nach Stavnede, um die Landwirtschaft zu erlernen. Jetzt war er eine Art von Verwalter auf dem Gute, aber er hatte keine rechte Autorität, da der alte Lind es nicht lassen konnte, überall dreinzureden.

Seine Stellung war im ganzen genommen sehr unangenehm. Das Gut war schlecht imstande, und es konnte nichts geschehen, um es aufzubessern, da es an Kapital fehlte. Es konnte nicht die Rede davon sein, mit den Nachbarn Schritt zu halten, wie viel weniger noch mit der Zeit. Alles mußte gehen, wie es seit Gott weiß wie lange gegangen war: so viel wie möglich für so wenig wie möglich. In schlechten Jahren mußten daher auch Äcker verkauft werden, damit man nur bares Geld zu sehen bekam.

Im ganzen war es eine recht traurige Tätigkeit für einen jungen Mann, um Zeit und Kräfte dafür einzusetzen; hierzu kam noch, daß der alte Lind sehr hitzig und unverträglich war, und da er Henning die obenerwähnten Wohltaten erwiesen hatte, glaubte er ihm durchaus gar keine Rücksichten schuldig zu sein. Er unterließ daher nie, so bald er heftig wurde, diesen hören zu lassen, was für ein verhungerter Junge er gewesen, als er ihn zu sich nahm, und wurde er wirklich böse, dann ging er sogar so weit, daß er mit allerdings wahren, trotzdem aber schonungslosen Andeutungen über das Treiben seines Vaters kam.

Ein unverheirateter Onkel, der unten im Schleswigschen einen ausgedehnten Holzhandel betrieb, hatte mehremal versucht, Henning zu sich zu bekommen, und dieser hätte das Leben auf Stavnede auch längst schon verlaufen, wenn er nicht so verliebt in die Tochter gewesen wäre, daß er sich die Möglichkeit, an einem andern Orte zu leben als sie, nicht denken konnte. Es war indessen keine glückliche Liebe. Agathe konnte ihn wohl leiden, sie hatten als Kinder zusammen gespielt, und was das betrifft, auch als Erwachsene; als er jedoch eines Tages, vor einem Jahre ungefähr, sich ihr erklärt hatte, war sie sowohl ärgerlich wie bestürzt gewesen und hatte ihm gesagt, daß sie dies für einen unüberlegten Scherz halte und hoffe, er werde ihr keine Veranlassung geben, es für puren Wahnsinn zu halten, indem er in Zukunft noch einmal etwas Ähnliches andeute.

Die Sache war nämlich die, daß die entwürdigende Behandlung, welcher sie ihn stets ausgesetzt sah, und die er ertrug, und zwar aus Rücksicht auf seine Liebe zu ihr, ihn in ihren Augen wirklich herabgesetzt hatte, sodaß sie ihn als zu einer niederen Kaste gehörend betrachtete, nicht niederer an Rang, oder weil er arm war, aber niederer an Empfindung und Ehrbegriff.

Einige Zeit darauf kam die Verlobung mit Bryde.

Was hatte Henning nicht in dem gegenwärtigen Vierteljahr gelitten! Und doch blieb er; er konnte den Gedanken nicht aufgeben, sie zu gewinnen, er hoffte, daß irgend etwas geschehen werde, ja, er hoffte eigentlich kaum, er phantasierte von merkwürdigen Begebenheiten, die eintreten und jener Verbindung ein Ende machen sollten, aber er erwartete nicht, daß seine Phantasien zur Wirklichkeit werden könnten, er brauchte sie nur als Vorwand zum Bleiben.

»Agathe!« rief draußen der Reiter und hielt sein Pferd vor dem offenen Fenster an. »Du siehst uns ja gar nicht an, und jetzt machen wir unsere Sache doch so hübsch.« Agathe wandte ihren Kopf dem Fenster zu, nickte und sagte, indem sie mit dem Spielen fortfuhr: »Gewiß sehe ich Euch an. Ihr wärt da drüben am Schneeballenbusch ja beinahe gefallen«, dann machte sie einige schnelle Läufe oben im Diskant.

»Los also! – Hopp!« und sie ging in eine lärmende Galoppade über. Der Reiter aber blieb.

»Nun?«

»Sag mir, bleibst du den ganzen Vormittag dort am Klavier?«

»Ja.«

»Nun, dann will ich doch versuchen – ja, wir können wohl nach Hagestedhof hinüberreiten und zu Mittag wiederkommen?«

»Ja, wenn ihr euch beeilt; adieu, dicker Bläß, adieu Niels.«

Er ritt fort; sie schloß das Fenster und spielte weiter, aber nicht lange; – es war doch viel unterhaltender zu spielen, wenn er da draußen ritt und ungeduldig wurde.

Henning sah dem Fortreitenden nach. Wie er diesen Menschen haßte; wenn er nur nicht gewesen wäre und … sie paßten durchaus nicht für einander, wenn der Faden nur einen Knoten bekäme, damit sie sich einander zeigten, wie sie wirklich waren … Agathe kam in das grüne Zimmer, sie summte die Melodie der Nokturne, die sie soeben gespielt hatte, und ging an den kleinen Tisch, um das Farnbukett zu ordnen. Das Sonnenlicht fiel gerade auf ihre Hände; sie waren groß und weiß und schön geformt. Henning war stets bezaubert von diesen hübschen Händen, und heute trug sie sehr weite Ärmel, sodaß man den runden Arm bis zum Ellbogen hinauf sehen konnte; sie waren so üppig, diese Hände mit ihrer weichen Fülle, ihrer blendenden Weiße und den kräftigen Formen, und dann das feine wechselnde Muskelspiel, die anmutigen Bewegungen – es war eine so niedliche, wogende Bewegung, wenn sie sich über das Haar strich. Wie oft hatten sie ihm nicht leid getan, wenn sie über die dummen Tasten springen und spannen mußten; dazu paßten sie gar nicht, sie sollten still im Schoß eines dunklen Seidenkleides liegen, mit großen Ringen geschmückt wie nackte Haremsweiber.

Wie sie so dastand, mit den Farnkräutern beschäftigt, lag in ihrem Gesicht ein Ausdruck gleichgültigen Glücks, der Henning reizte. Weshalb mußte das Leben für sie so hell und leicht sein, für sie, die ihm jeden Lichtstrahl geraubt hatte? Wenn er sie aus dieser klaren Ruhe aufscheuchte, wenn er einen kleinen Schatten über ihren Weg jagte! Sie hatte ihm seine Liebe vor die Füße in den Staub geworfen und war darüber fortgeschritten wie über einen toten Gegenstand, wie wenn es nicht eine Menschenseele wäre, die sich sehnsuchtsvoll und glückverlangend in dieser Liebe krümmte und wand ...

»Jetzt kann er bald in Borreby sein«, sagte er und blickte zum Fenster hinaus.

»Nein, er wollte nach Hagestedhof«, antwortete sie.

»Nun, das andere liegt ja nicht weit aus dem Wege.«

»Wie? Es ist doch nicht am Wege.«

»Nein, das ist es eigentlich auch nicht – verkehrt er dort noch immer viel?«

»Wo?«

»In Borreby natürlich, beim Holzvogt.«

»Das weiß ich wirklich nicht. Was sollte er dort?«

»Ach, das ist wohl nur Gerede – Du weißt, der hat die schönste Tochter.«

»Na, und?«

»Ja, lieber Gott! Alle Männer sind doch nicht Mönche.«

»Spricht man denn etwas?«

»Ach, es wird ja über alle Menschen gesprochen, aber er könnte auch vorsichtiger sein.«

»Aber was sagt man denn? Was sagt man?«

»Na, Rendezvous und ... das Gewöhnliche.«

»Du lügst, Henning! Das sagt kein Mensch, das alles reimst du Dir zusammen.«

»Weshalb fragst du dann? Welche Freude sollte ich übrigens daran haben, den Leuten zu erzählen, was für Glück er bei den Mädchen in Borreby hat!«

Sie ließ die Farn liegen und trat zu ihm. »Für so gemein hätte ich dich doch nicht gehalten, Henning«, sagte sie.

»Ja, Liebste, ich begreife, daß dich dies empört, es muß ja auch unangenehm für dich sein, daß er sich nicht einmal soviel Zwang auferlegt – wenigstens jetzt.«

»Pfui, Henning! Das ist niedrig und unwürdig von dir, aber ich glaube deine Lügen nicht.«

»Ich bin's ja nicht, der dies sagt«, sprach er und sah vor sich nieder, »ich habe ja nicht gesehen, wie sie sich küssen.«

Agathe beugte sich vor und schlug ihm verächtlich ins Gesicht.

Er wurde leichenblaß und sah sie mit einem Blick an, der halb der eines kranken Hundes, halb der eines beleidigten Mannes war. Agathe verbarg das Gesicht in den Händen und ging an die geöffnete Tür. Hier blieb sie einen Augenblick stehen und stützte sich, als ob sie ohnmächtig wäre, und dann sah sie über die Schulter zu ihm hin und sagte kalt und ruhig: »Henning, ich sage dir, ich bereue nicht, was ich getan habe.«

Darauf ging sie.

Henning saß lange wie betäubt da; dann wankte er auf sein Zimmer und warf sich aufs Bett. Er widerte sich selbst an. Jetzt war alles zu Ende – das Klügste, was er tun konnte, war, sich eine Kugel vor den Kopf zu schießen; – leben – sich mit furchtsamen Blicken wie ein getretener Hund durchs Leben schleichen? – Nein! – Sie hatte ihn durch jenen Schlag zum Sklaven gestempelt, und sie hatte recht; einer solchen Niedrigkeit gegenüber war nichts anderes zu tun. Wie hatte er sie geliebt! – Brennend, – wahnsinnig; aber nicht wie ein Mann, wie ein Hund, – im Staube ihr zu Füßen wie vor einem Heiligenbilde. Sie standen im Garten, sie schnitt ihren Namen in einen Baumstamm, der Wind spielte mit ihrem Haar, er stahl sich hin und küßte eine ihrer flatternden Locken und war Tage lang glücklich; nein, seine Liebe hatte nie männlichen Mut und freudige Hoffnung gehabt; er war Sklave in allem, in seiner Liebe, seiner Hoffnung, seinem Haß.

Weshalb hatte sie nicht geglaubt, was er erzählt, sondern blind auf Niels vertraut? Er hatte ihr nie etwas vorgelogen; dies war die erste niedrige Handlung, die er je begangen, und sie hatte das sofort gesehen! Es war, weil sie ihm nie etwas anderes zugetraut hatte, als was niedrig und gemein war. Sie hatte ihn nie verstanden, und um ihretwillen hatte er dies lange, kümmerliche Leben auf Stavnede ertragen, wo jeder Bissen Brot, den er in den Mund gesteckt, ihm durch die Erinnerung, daß er eine Gnadengabe empfing, verbittert wurde. Er hätte wahnsinnig werden können bei dem Gedanken. Wie er sich haßte, seiner wahnsinnigen Geduld, seiner demütigen Hoffnung wegen. Er hätte sie morden können für das, wozu sie ihn gemacht hatte, und er *würde* sich rächen; sie sollte ihm die langen Jahre der Erniedrigung, die tausend qualvollen Stunden bezahlen. Rache für die verlorene Selbstachtung, Rache für seine sklavische Liebe und für den Schlag auf die Wange. So wiegte er sich jetzt in Racheträume, wie ehedem in Liebesträume, und er erschoß sich nicht und reiste auch nicht.

Zwei oder drei Tage später stand Henning vormittags mit Flinte und Jagdtasche im Garten. Wie er noch so dastand, kam Niels Bryde geritten, ebenfalls zur Jagd ausgerüstet, und obgleich beide sehr wenig voneinander hielten, sprachen sie sich doch freundlich an und schienen sehr entzückt, daß es sich so glücklich traf und sie den Ausflug miteinander machen konnten. Sie gingen also zusammen zur »Rönne«, eine ziemlich große, heidebewachsene, niedere und flache Insel draußen an der Fjordmündung. Diese Insel war im Herbst viel von Seehunden besucht, welche sich auf den niederen Sandbänken wälzten, die vom Strand aus ins Wasser schossen, oder sie auf dem großen Gerölle schliefen, das an der Landung lag. Und diesen Seehunden galt die Jagd. Als sie die Stelle erreicht hatten, ging jeder seinen eigenen Weg am Wasser entlang. Das graue neblige Wetter hatte viele Seehunde hereingelockt, und sie hörten einander gleichmäßig schießen. Später nahm der Nebel zu, und um die Mittagszeit lag er so dick über Insel und Fjord, daß es auf zwanzig Schritt Abstand nicht möglich war, Steine und Seehunde voneinander zu unterscheiden.

Henning setzte sich am Strande nieder und starrte in den Nebel hinein. Alles war still, nur ein leises, plätscherndes Geräusch vom Wasser und das ängstliche Pfeifen eines einsamen Strandläufers tauchten zuweilen aus der schweren, drückenden Ruhe auf.

Er war all dieser Gedanken müde, müde des Hoffens, müde des Hassens, krank vom Träumen. Hier still sitzen und schläfrig vor sich hinstarren, sich die Welt wie etwas vorstellen, das weit in der Ferne lag, wie etwas, das überstanden war, hier still sitzen und die Stunden einer nach der anderen hinsterben lassen, – das war Frieden, das war beinahe Seligkeit. Da klang ein Lied durch den Nebel, glücklich und jubelnd:

Im Mai da führ ich heim die Braut,
Eine Rose rot, eine Lilie traut,
He, Spielmann, spiel!
Dann soll der Wald sich schmücken grün,
Im Feld soll Blum' an Blume stehn,
Der Vollmond soll die Welt durchziehn,
Die Sonn' will strahlend heiß ich sehn.
Der Kuckuck ruft hinaus ins Land,
Daß ich mein goldnes Glück nun fand,
Doch die Sorge, die bleibt fein zu Haus.

Das war Niels Brydes klare Stimme. Henning sprang auf; wie ein Blitz schlug der Haß bei ihm ein; sein Auge brannte, er lachte heiser, dann legte er die Flinte an die Wange.

»Doch die Sorge, die bleibt sein zu Haus«

klang es noch einmal; er zielte nach dem Ton im Nebel, die letzten Worte erstarben im Knall – dann war alles still wie zuvor.

Henning mußte sich auf die rauchende Flinte stützen, er hielt den Atem an und horchte – nein, Gott sei Dank! Es war nur das Plätschern des Wassers und der ferne Schrei aufgeschreckter Möven. – Doch! Da drinnen im Nebel jammerte etwas. Er warf sich auf die Erde, drückte das Gesicht ins Heidekraut und hielt sich die Ohren zu. Deutlich sah er das verzerrte Gesicht, die krampfhaften Zuckungen der Glieder und das rote Blut, das unaufhaltsam aus der Brust strömte, Strom auf Strom, das bei jedem Herzschlag hervorbrach – es ergoß sich auf das braune Heidekraut, floß an den Blättern und Stengeln herab und sickerte zwischen den schwarzen Wurzeln ein.

Er erhob den Kopf und horchte: es jammerte noch, aber er hatte nicht den Mut hinzugehen, nein, nein! Er riß das Heidekraut mit den Zähnen aus, wühlte mit den Händen in der lockeren Erde, wie um ein Versteck zu suchen, er wälzte sich wie ein Wahnsinniger hin und her, aber es war noch immer nicht vorbei, er hörte es noch immer jammern.

Endlich wurde es still. Er lag lange und horchte, dann kroch er langsam auf allen Vieren in den Nebel hinein. Es dauerte lange, bevor er etwas sehen konnte, dann fand er ihn endlich am Fuße einer kleinen Erderhöhung. Er war tot; der Schuß hatte ihn in die Herzgrube getroffen.

Henning nahm die Leiche in die Arme und trug sie quer über die Insel in das Boot, in dem sie gekommen waren; dann nahm er die Ruder auf und ruderte ans Land. Von dem Augenblick an, wo er die Leiche gesehen, hatte seine Erregung sich gelegt, und eine stille, dumpfe Wehmut war an ihre Stelle getreten. Er dachte an die Vergänglichkeit des Lebens, und wie schonend er jene zu Hause vorbereiten müsse.

Als er ans Land gekommen, ging er nach einem Bauernhof, um ein Fuhrwerk zu bekommen. Der Mann fragte, wie das Unglück geschehen sei. Der Bericht bildete sich fast wie von selbst auf Hennings Lippen: Bryde war draußen auf der Westseite mit der Flinte in der Hand über eine Anhöhe gekrochen; der Hahn mußte wohl nicht geschlossen gewesen sein, irgend etwas mußte sich drin verfangen haben, und der Schuß war losgegangen. Henning hatte dem Schuß angehört, daß sie nahe beieinander sein mußten und hatte Bryde zugerufen; als er keine Antwort erhalten, war er unruhig geworden, dem Knall nachgegangen und hatte ihn unterhalb einer Anhöhe gefunden; da war er aber bereits tot.

Er erzählte das alles in gedämpftem, ruhigem Ton, und hatte, solange er sprach, durchaus kein Bewußtsein seiner Schuld; als sie aber die Leiche auf den Wagen gelegt hatten und sie in das Stroh sank, fiel der Kopf auf die Seite und schlug mit einem dumpfen Laut gegen die Bretter, und da war Henning fast einer Ohnmacht nahe; als sie mit der Leiche über Borup nach Hagestedhof fuhren, wurde ihm übel.

Sein erster Gedanke, nachdem er die Leiche abgeliefert, war davonzulaufen, und nur mit der allergrößten Selbstüberwindung bezwang er sich zu bleiben, bis das Begräbnis vorüber war. In der Wartezeit kam im Äußern eine fieberhafte Unruhe über ihn, etwas seltsam Schreckhaftes bemächtigte sich seiner Gedanken, welches bewirkte, daß sie an nichts Bestimmtem festhalten konnten, sondern von einem zum andern flatterten. Dieses rastlose Wirbeln und Kreiseln, dem er nicht Einhalt zu tun vermochte, war nahe daran, ihn wahnsinnig zu machen, und wenn er allein war, begann er zu zählen oder er trällerte und schlug den Takt mit dem Fuß, um auf diese Weise gleichsam die Gedanken zu fesseln und nicht in den entsetzlichen, ermattenden Rundtanz hineingewirbelt zu werden.

Endlich kam das Begräbnis.

Tags darauf war Henning auf dem Wege zu seinem Onkel, dem Holzhändler, um diesen zu bitten, daß er ihm eine Anstellung in seinem Geschäft gebe. Er fand den Onkel in sehr gedrückter Stimmung. Seine alte Haushälterin war nämlich vor einem Monat gestorben, und in den letzten Tagen hatte er seinen Geschäftsführer wegen Veruntreuung verabschieden müssen. Henning war daher sehr willkommen. Er arbeitete sich mit Eifer in das Geschäft hinein, und nach Verlauf eines Jahres war er der Leiter desselben.

Vier Jahre später sind manche Veränderungen vorgegangen. Der Holzhändler ist tot, und Henning wurde als sein Universalerbe eingesetzt. Der alte Lind auf Stavnede ist auch zu seinen Vätern heimgegangen, hat das Gut aber so verschuldet hinterlassen, daß es verkauft werden mußte, und beim Verkauf ist so gut wie nichts für Agathe übriggeblieben. Stavnedes neuer Besitzer ist Henning, der den Holzhandel aufgegeben hat und zur Landwirtschaft zurückgekehrt ist. Auf Hagestedhof ist ein gewisser Klausen Niels Brydes Nachfolger; er wird binnen kurzem mit Agathe Hochzeit machen, die jetzt im Hause des Pfarrers lebt. Sie ist noch hübscher als früher. Mit Henning ist es anders. Es ist ihm nicht anzusehen, daß er Glück gehabt hat. Er sieht beinahe alt aus; die Gesichtszüge sind scharf, der Gang matt, er geht gebeugt, spricht wenig und sehr leise; sein Auge hat einen seltsam matten Glanz bekommen, und sein Blick ist unruhig und wild. Wenn er sich allein glaubt, spricht er mit sich selbst und gestikuliert dazu. Die Leute in der Gegend glauben deshalb, daß er trinkt.

Aber das ist es nicht. Tag und Nacht, wo es auch sei, nirgends weiß er sich sicher vor dem Gedanken an den Mord von Niels Bryde. Sein Geist und seine Fähigkeiten sind in dieser ewigen Angst dahingewelkt, denn wenn dieser Gedanke kommt, ist es nicht wie Reue oder dunkler Schmerz, sondern lebendige, flammende Angst, ein entsetzliches Delirium, wo der Blick sich verwirrt, sodaß alles sich bewegt: strömend, triefend, seltsam rieselnd, und alles hat die Farbe gewechselt, es ist leichenblaß oder dunkel blutigrot. Und in all diesen Strömen ist ein Ziehen, als söge es aus allen Adern, als schöpfe es aus all den feinen Fäden der Nerven, und die Brust keucht in atemloser Angst, aber kein erlösender Schrei, kein aufleichternder Seufzer kann sich einen Weg über die bleichen Lippen bahnen.

Solche Visionen sind die Folge des Gedankens, deshalb fürchtet er ihn, deshalb ist sein Blick unruhig, und sein Gang so matt. Die Furcht ist es, die ihn entkräftet hat, und die Kraft, die ihm geblieben, lebt in seinem Haß. Denn er haßt Agathe, haßt sie, weil seine Seele in der Liebe zu ihr zugrunde gegangen ist, sein Lebensglück durch sie zerstört, wie sein Frieden; aber am meisten haßt er sie, weil sie nichts ahnt von jener ganzen Welt voll Qual und Elend, die sie geschaffen; und wenn er jetzt unter drohenden Gebärden mit sich selbst spricht, so ist es Rache, woran er denkt, Rachepläne, über die er sinnt. Aber er läßt sich nichts merken, er ist die Freundlichkeit selbst gegen Agathe, er bezahlte ihre Ausstattung, und später war er ihr Führer vor den Altar, und seine Freundlichkeit kühlte sich auch nicht nach der Hochzeit ab: er half und riet Klausen in jeder Weise, und mehrere große Spekulationsgeschäfte, die ein ausgezeichnetes Resultat hatten, machten sie gemeinsam. Dann hörte Henning auf, aber Klausen hatte Lust fortzufahren, und Henning versprach, ihm mit Rat und Tat beizustehen. Das tat er auch. Er streckte ihm sehr bedeutende Geldsummen vor, und Klausen ging von einer Spekulation zur andern. Er gewann bei einigen, verlor bei mehreren, aber je mehr er spekulierte, desto eifriger wurde er. Ein sehr großes Unternehmen sollte ihn endlich zum reichen Manne machen. Dies erforderte mehrere große Auszahlungen, und Henning half ihm fortwährend; die letzte stand aus, da zog Henning sich zurück. Die Aussichten schienen Klausen vielversprechend, und wenn er sich jetzt aus der Affäre zog, war er ruiniert, aber bezahlen konnte er nicht. Daher schrieb er Hennings Namen unter ein paar Wechsel; niemand würde Verdacht schöpfen, und der Gewinn würde bald kommen.

Das Unternehmen mißglückte. Klausen war fast ruiniert. Der Verfalltag des Wechsels war beinahe herangerückt, das letzte mußte versucht werden, – da schickte er Agathe nach Stavnede. Henning war erstaunt, sie zu sehen, denn sie hatte erst vor kurzem einem Kinde das Leben geschenkt, und das Wetter war rauh und regnerisch. Er führte sie in das grüne Zimmer, und sie erzählte ihm von der unglücklichen Spekulation und von den Wechseln.

Henning schüttelte den Kopf und sagte ruhig und milde, daß sie ihren Mann mißverstanden haben müsse, man schreibe den Namen anderer Leute nicht unter Wechsel, das sei nämlich ein Verbrechen, geradezu ein Verbrechen, welches das Gesetz mit Zuchthaus bestrafe.

Nein, nein, sie habe ihren Mann nicht mißverstanden, sie wisse, daß es ein Verbrechen sei, grade deshalb müsse er helfen; wenn er nur keine Einsprache gegen die Unterschrift erhöbe, würde alles wieder gut werden.

Ja, dann müsse er ja den Wechsel bezahlen, und das könne er nicht; er habe schon soviel Geld in Klausens Geschäft, daß er über seine Kräfte belastet sei. Er könne nicht.

Sie weinte und bat.

Sie solle aber doch bedenken, daß er ungeheuer an Klausen verloren habe. Als sie ihm erzählt, daß das Unternehmen mißglückt, sei ihm wirklich gewesen, als ob ihm jemand einen Schlag ins Gesicht versetzt habe, so überrascht und bestürzt sei er gewesen. Als er dies Wort gebraucht, sei ihm eingefallen, daß sie ihn einmal geschlagen habe, ob sie sich dessen erinnern könne. Nein? ... Es sei eines Tages gewesen, als er sie damit geneckt, daß Bryde ... ob sie sich wirklich nicht erinnern könne? Doch; sie habe ihn in liebenswürdigem Zorn auf die Backe geschlagen, auf diese Backe hier.

Ja, ob er denn nicht helfen könne?

Hier in diesem Zimmer war es. Ach, das war eine andere Zeit, eine merkwürdige Zeit. Er glaube auch, daß er einmal um sie angehalten habe, es käme ihm so vor. Gesetzt den Fall, daß sie ihn genommen; aber es sei töricht, davon zu reden; nein, Bryde war ein so schöner Mann; daß er so traurig ums Leben kommen mußte, der hübsche Bursche!

Ja, ja, aber gab es denn wirklich keinen Ausweg? Keinen?

Sie solle das mit den Wechseln nur nicht glauben; das habe Klausen ihr nur eingeredet, um aus ihm herauszulocken, ob er ihm nicht noch ein wenig helfen könne; das sei ein Kniff, Klausen war ja pfiffig, sehr schlau, sehr schlau.

Nein, es sei wirklich, wie sie sage. Käme sie mit einer abschlägigen Antwort zurück, so müßte Klausen nach Amerika flüchten; der Wagen, der ihn nach der Eisenbahnstation in Voer bringen sollte, war schon herausgezogen, als sie sich auf den Weg hierher machte.

Nein, das habe er von Klausen nicht geglaubt. Das sei ja der gemeinste Schurkenstreich! Den Mann in Ungelegenheiten zu bringen, der ihm immer und immer wieder geholfen hatte. Er müsse sehr schlecht sein. Es sei empörend, auf diese Weise Unehre über die Frau und das unschuldige Kind zu bringen. Sie solle nur hören, was die Leute sagen würden! Arme Agathe! Arme Agathe! Sie warf sich ihm zu Füßen und flehte: »Henning, Henning, hab Erbarmen mit uns!«

»Nein, und tausendmal nein, mein Name soll frei von Flecken bleiben; ich helfe keinem Verbrecher!«

Dann ging sie.

Henning setzte sich hin und schrieb an die Polizei in Voer, daß man Klausen wegen Wechselfälschung anhalten solle, wenn er sich auf der Eisenbahnstation zeige. Ein reitender Bote wurde mit dem Briefe abgeschickt.

Am Abend hörte er, daß Klausen abgereist sei, am nächsten Tage, daß man ihn in Voer angehalten habe.

Agathe mußte sich zu Bett legen, als sie nach Hause kam; schwach wie sie nach der kürzlich überstandenen Krankheit noch war, hatte sie die Anstrengung und die starke Gemütsbewegung nicht ertragen können. Die Nachricht, daß man Klausen angehalten, brach sie vollständig. Die Krankheit nahm einen heftigen, fieberartigen Charakter an, und drei Tage später kam die Meldung nach Stavnede, daß sie tot sei.

Am Tage vor dem Begräbnis ging Henning nach Hagestedhof. Das Wetter war dunkel und neblig, das Laub fiel in Massen, in der Luft lag ein scharfer erdiger Geruch.

Man führte ihn in das Sterbezimmer, die Fenster waren mit weißen Tüchern verhängt, am Kopfende brannten ein paar Lichter. Der Blumenduft der vielen Kränze und der Geruch des Sargfirniß verbreiteten eine schwüle Atmosphäre.

Er wurde beinah feierlich gestimmt, als er sie in der phantastischen, weißen Totenkleidung daliegen sah. Über das Gesicht war ein weißes Tuch gebreitet; er ließ es liegen. Die Hände waren über der Brust gefaltet; sie hatten ihr weiße Baumwollhandschuhe angezogen. Er nahm die Hand, zog den Handschuh ab und schob ihn in seine Brusttasche. Dann betrachtete er neugierig die Hand, bog die Finger, und hauchte sie an, wie um sie zu erwärmen. Lange hielt er ihre Hand in der seinen; es wurde dunkler und dunkler im Zimmer; draußen nahm der Nebel zu. Dann beugte er sich auf ihr Antlitz herab und flüsterte: »Fahr wohl, Agathe. Ich will dir etwas sagen, bevor wir scheiden; ich bereue doch nicht, was ich getan habe«, dann ließ er ihre Hand los und ging.

Als er hinauskam, konnte er kaum die Scheune sehen, so dick war der Nebel. Er ging am Strande entlang nach Hause. – Jetzt war er gerächt, und dann! Was dann morgen? Und übermorgen?

Es war so still, nur ein leiser Laut vom Wasser da unten; – aber er konnte sein Herz nicht hören; es schlug doch, aber so matt, so matt, – wie? Das klang wie ein Schuß! Und noch einer! Er schüttelte den Kopf, lächelte und murmelte: »Nein, nicht zwei, nur einer, nur einer.« Er war so müde, aber ausruhen – er hatte keine Zeit zum ausruhen. Er blieb einen Augenblick stehen und sah sich um: es war nicht viel zu sehen, der Nebel bildete eine Mauer um ihn herum, Nebel oben, Nebel rund umher, unten Sand; in grader Linie lagen seine Fußspuren hinter ihm; mitten hinein in den Nebelkreis reichten sie, weiter nicht; er ging wieder ein wenig, nein, weiter als bis zur Mitte kamen sie nicht, aber hinter ihm, dort, wo er gegangen, da war ein Kreis seiner Fußspuren. – Er war doch sehr müde; es war der Sand, in dem das Gehen so schwer fiel – jeder Fußstapfen hatte etwas von seinen Kräften gekostet, ja, es war eine Reihe von Gräbern seiner entschwundenen Kräfte. – Und nach der andern Seite hin lag der Sand eben und glatt und wartete, – ein Schauer überlief ihn: Jemand schreitet über mein Grab – jemand geht in meinen Fußspuren, es bewegt sich dahinten im Nebel wie Frauenkleider, da drinnen in dem weißen Nebel bewegt sich etwas Weißes. Wieder schritt er so kräftig zu, wie er nur konnte. Seine Knie zitterten, es wurde ihm schwarz vor Augen, aber vorwärts mußte er, fort durch den Nebel, denn das da drinnen verfolgte ihn beständig. Es kam näher und näher, die Kräfte waren nahe daran, ihn zu verlassen, er schwankte von einer Seite auf die andere, seltsame Blitze fuhren an seinen Augen vorüber, scharfe, schneidende Laute klangen ihm im Ohr, der kalte Schweiß stand ihm auf der Stirn, seine Lippen öffneten sich vor Ensetzen; dann brach er im Sande zusammen. Und hervor aus dem Nebel kam es, formlos und doch erkennbar, schwer und langsam schlich es über ihn. Er versuchte, sich zu erheben, da packte es ihn mit feuchten, weißen Fingern an der Kehle …

Als Agathe am nächsten Tage begraben werden sollte, mußte das Gefolge eine Weile warten; aber aus Stavnede kam niemand, ihr das letzte Geleit zu geben.

Zwei Welten

Salzach ist kein munterer Fluß, und an ihrem östlichen Ufer liegt ein kleines Dorf, das sehr trübselig, sehr arm und seltsam still ist.

Wie eine elende Schar mißgestalteter Bettler, die das Wasser auf ihrem Wege aufgehalten hat, und die nichts besitzen, um den Fährlohn davon zu bezahlen, stehen die Häuser unten am äußersten Rande des Ufers, die gichtbrüchigen Schultern fest gegeneinander gedrückt, und stecken hoffnungslos mit ihren morschen Krückstöcken in dem grauen Strom. Aus dem Hintergrund der Galerien starren schwarze, glanzlose Scheiben unter den vorspringenden Schindeldächern hervor, starren mit scheelem Ausdruck gehässigen Kummers hinüber nach den glücklicheren Häusern, die einzeln und zu zweien hier und dort in freundlichen Gruppen auf der grünen Ebene verstreut liegen und sich weit hinein in die golden nebelige Ferne verlieren. Doch die armseligen Hütten umgibt kein Glanz, nur brütende Finsternis und Schweigen, das noch düsterer wird durch das Geräusch des Flusses, der träge und doch nimmer rastend vorüberschleicht, und auf seinem Wege so lebensmüde, so wunderlich geistesabwesend vor sich hinmurmelt.

Die Sonne war im Untergehen; auf der andern Seite begann das glashelle Summen der Grillen bereits die Luft zu erfüllen; dann und wann trug ein plötzlicher matter Windhauch, der kam und im dünnen Schilf des Flusses erstarb, es herüber.

Ein Boot kam stromabwärts.

An einem der letzten Häuser stand eine schwache, abgezehrte Frauengestalt weit über die Brüstung der Galerie gelehnt und sah ihm entgegen. Mit ihrer fast durchsichtigen Hand beschattete sie die Augen; denn da oben, wo das Boot fuhr, lag der Sonnenglanz goldig glitzernd auf den Wassern, und es sah fast aus, als glitte es auf einem Spiegel von Gold dahin.

Aus dem klaren Halbdunkel leuchtete das wachsbleiche Antlitz der Frau hervor, als trüge es sein Licht in sich selbst; es war deutlich und scharf zu sehen wie die Wogenkämme, die selbst noch in dunklen Nächten die Wellen des Meeres erhellen. Ängstlich spähten ihre hoffnungslosen Augen, ein seltsam schwachsinniges Lächeln lag um den müden Mund, aber die lotrechten Runzeln auf ihrer runden vorspringenden Stirn breiteten über das ganze Gesicht einen Schatten verzweifelter Entschlossenheit.

Von der Kirche des kleinen Dorfes begann es zu läuten.

Sie wandte sich ab vom Sonnenglanz und wiegte den Kopf hin und her, wie um dem Glockenklang zu entgehen; dabei murmelte sie beinahe wie eine Antwort auf das nicht endenwollende Läuten: »Ich kann nicht warten, ich kann nicht warten.«

Doch das Läuten hörte nicht auf.

Wie vom Schmerz gefoltert ging sie in der Galerie hin und her; die Schatten der Verzweiflung waren noch tiefer geworden, und sie atmete schwer wie eine, die die Tränen drücken, und die doch nicht weinen kann.

Lange, lange Jahre litt sie an einer schmerzhaften Krankheit, die ihr niemals Ruhe ließ, ob sie lag oder ging. Sie hatte eine weise Frau nach der andern aufgesucht, hatte sich von einer heiligen Quelle zur andern geschleppt – doch stets ohne Erfolg. Jetzt zuletzt war sie nun mit dem September-Bittgang in St. Bartolema gewesen, und hier hatte ein alter einäugiger Mann ihr den Rat gegeben, einen Strauß von Edelweiß und welker Raute, von brandigen Maiskolben und Kirchhofsfarnen, von einer Locke ihres Haares und einem Sargsplitter zu binden; diesen solle sie einem jungen Frauenzimmer, das gesund und frisch war und auf fließendem Wasser daher käme, nachwerfen; dann würde die Krankheit sie verlassen und auf die andere übergehen.

Jetzt trug sie den Strauß auf der Brust versteckt und auf dem Flusse kam ein Boot daher, das erste, seitdem sie die Zauberrute gebunden. Wieder war sie an die Brüstung der Galerie getreten; das Boot war so nahe, daß sie die fünf, sechs Passagiere an Bord zu unterscheiden vermochte. Fremde, wie es schien. Am Steven stand der Bootsmann mit einer Pflichtstange; am Steuer saß eine Dame und steuerte, neben ihr ein Mann, der aufpaßte, daß sie nach dem Wink des Bootsmannes steuerte; die andern saßen mitten im Boot.

Die Kranke beugte sich weit vor; jeder Zug ihres Antlitzes war lauernd und angespannt; die Hand steckte im Busen. Ihre Schläfen klopften; ihr Atem stockte fast, mit fliegenden Nüstern, mit glühenden Wangen und weit aufgerissenen, starren Augen wartete sie auf das Nahen des Bootes.

Schon vernahm man die Stimmen der Reisenden, bald deutlich, bald nur wie gedämpftes Murmeln.

»Glück«, sagte einer, »ist eine absolut heidnische Vorstellung. Im Neuen Testament finden Sie es nicht an einer einzigen Stelle.«

»Seligkeit denn?« wandte ein anderer fragend ein.

»Nein, hört mal«, sagte jetzt jemand, »das Ideal eines Gesprächs ist sicherlich das, von dem abzukommen, was man bespricht; und mich dünkt, das könnten wir jetzt auch tun, indem wir zum Anfang unserer Unterhaltung zurückkehren.«

»Gut; also die Griechen ...«

»Zuerst die Phönizier?«

»Was weißt du von den Phöniziern?«

»Nichts! Aber weshalb sollen die Phönizier immer übergangen werden!«

Das Boot war jetzt gerade unter dem Hause, und in diesem Augenblick zündete jemand an Bord seine Zigarette an. In kurzem Aufflackern fiel das Licht auf die Dame am Steuer, und in dem rötlichen Schein gewahrte man ein jugendliches, frisches Mädchengesicht mit glücklichem Lächeln auf den halbgeöffneten Lippen und träumerischem Ausdruck in den klaren Augen, die zum dunkeln Himmel emporblickten.

Der Lichtschein schwand; ein leises Plätschern, als ob etwas ins Wasser geworfen würde – und das Boot trieb vorüber.

Es war ungefähr ein Jahr später. Die Sonne sank hinter einer Bank von schweren, düsterglühenden Wolken, die einen blutroten Schein auf die fahlen Fluten des Stroms warfen; ein frischer Wind strich über die Ebene; kein Zirpen der Grillen, nur das Plätschern des Flusses und das Rauschen und Rasseln im Uferschilf. In der Ferne sah man ein Boot stromabwärts kommen.

Die Kranke von der Galerie stand unten am Ufer. – Als sie dem jungen Mädchen damals die Zauberrute nachgeworfen, war sie dort oben ohnmächtig zusammengebrochen; die starke Erregung, vielleicht auch ein neuer Armenarzt, der in die Gegend gekommen, hatten eine Veränderung in ihrer Krankheit bewirkt; nach einer bösen Zwischenzeit hatte sie angefangen, sich zu erholen und war ein paar Monate später vollkommen gesund. Anfangs war sie wie berauscht von diesem Gefühl von Gesundheit, aber das dauerte nicht lange, dann war sie niedergeschlagen und traurig, unruhig, verzweifelt, denn überall hin verfolgte sie das Bild des jungen Mädchens im Boote. Zuerst zeigte es sich ihr, wie sie es gesehen hatte, jung und blühend; es kniete ihr zu Füßen und sah flehend zu ihr auf; später wurde es unsichtbar, aber sie wußte dennoch, wo es war und daß es da war, denn sie hörte, wie es leise jammerte, am Tage in ihrem Bette, nachts in einem Winkel ihrer Kammer. Jetzt kürzlich war es aber wieder still und sichtbar geworden, es saß vor ihr, bleich und abgezehrt und starrte sie an mit unnatürlich großen, wundersamen Augen.

Heute Abend stand sie nun unten am Flußufer; sie hatte einen Holzspan in der Hand und zeichnete Kreuz auf Kreuz in den weichen Schlamm; zuweilen erhob sie sich und lauschte; dann zeichnete sie wieder weiter.

Jetzt begann das Abendläuten.

Sorgsam vollendete sie ihr Kreuz, legte den Span aus der Hand, kniete hin und betete. Dann ging sie bis an die Brust in den Fluß, faltete die Hände und legte sich nieder in die grauschwarze Flut. Und die Flut nahm sie auf, zog sie in die Tiefe und schlich dann wie immer träge und traurig weiter, am Dorfe vorüber, an den Feldern vorüber – fort.

Jetzt war das Boot ganz nahe; es hatte die jungen Leute an Bord, die sich damals beim Steuern geholfen und jetzt auf ihrer Hochzeitsreise waren. Er saß am Steuer, sie stand mitten im Boot, in einen großen Schal gehüllt, eine kleine rote Mütze auf dem Kopf ... sie stand und stützte sich an den kurzen, segellosen Mast und summte vor sich hin.

Dann trieben sie am Hause vorüber. Sie nickte dem Steuermann vergnügt zu, sah zum Himmel auf und begann zu singen, sang, an den Mast gelehnt, den Blick auf die ziehenden Wolken gerichtet:

Ihr Wälle fest,
Ist sicher mein Nest,
Bist stark du gebaut, meines Glückes Schloß
Und schützen vor Kummer uns Tore und Troß?!
Was seh ich dort auf der Brücke stehn,
Wo die goldroten Wolken vorüber weh'n?
Ich kenn die Gestalten,
Die immer noch walten
In meinem Leben!
Daher sie schweben
Aus alter, trauriger, düsterer Zeit!
Heran, ihr Schatten vergangener Schmerzen,
Nehmt Platz an der Tafel, zunächst meinem Herzen,
Und trinkt aus dem sonniggoldenen Pokal

In des Glückes funkelndem Freudensaal!
Ein Hoch dem Glück, weil endlich es kam,
Ein Hoch, weil den Kummer es von mir nahm!
Ein Hoch ihm! – Und wär's nur ein Traum!

Hier sollten Rosen stehen

Hier sollten Rosen stehen. Von den großen, matten Gelben.

Und in üppigen Büscheln müßten sie über die Gartenmauer hängen und die zarten Blätter gleichgültig in die Räderspuren des Weges herabrieseln lassen: ein vornehmer Schimmer von all dem Blumenreichtum da drinnen.

Und sie müßten den feinen, flüchtigen Rosenduft haben, der nicht festzuhalten ist, wie von unbekannten Früchten, von denen die Sinne in ihren Träumen fabeln.

Oder sollten es rote Rosen sein?

Vielleicht.

Die kleinen runden, abgehärteten Rosen könnten es sein, und dann müßten sie in leichten Ranken herabhängen, mit blankem Laub, rot und frisch, und wie ein Gruß oder eine Kußhand für den Wanderer, der müde und bestaubt mitten über den Weg daher kommt, froh, daß er jetzt nur noch eine halbe Viertelmeile bis Rom hat.

An was er denken mag? Wie sein Leben wohl sein mag?

So, – jetzt verdecken ihn die Häuser, die verdecken da drinnen alles, einander, und den Weg und die Stadt, aber nach der andern Seite hin ist Aussicht genug; dort schwenkt der Weg in träger, langsam geschwungener Biegung nach dem Flusse ab, hinunter nach der trübseligen Brücke. Und dahinter ist dann wieder die ungeheure Campagna.

Das Grau und Grün solcher großen Ebenen … das ist, als ob die Mattigkeit vieler mühsamer Meilen aus ihnen aufstiege und sich schwer auf einen legte und machte, daß man sich einsam und verlassen fühlte, und einen zum Suchen und Sehnen brachte.

Dann ist es doch viel besser, wenn man sichs in einem Winkel wie diesem behaglich macht, zwischen hohen Gartenmauern, wo die Luft lau und weich und still liegt, – auf der Sonnenseite sitzen, wo eine Bank sich in eine Nische in der Mauer einkrümmt, – dort sitzen und auf den schimmernden, grünen Akanthus im Landstraßengraben schauen, auf die silberbefleckten Disteln und die mattgelben Herbstblumen.

Auf der langen, grauen Mauer gegenüber, eine Mauer voll Eidechsenlöchern und Ritzen mit verdorrtem Mauergras, dort hätten die Rosen stehen sollen, und gerade an der Stelle hätten sie hervorsehen sollen, wo die lange einförmige Fläche von einem geschweiften, großen Korb aus herrlicher alter Schmiedearbeit, einem Gitterkorbe unterbrochen wird, der einen geräumigen und mehr als bis an die Brust reichenden Balkon bildet, wo es erfrischend sein müßte hinaufzusteigen, wenn man des eingeschlossenen Gartens müde war.

Und das sind sie oft gewesen.

Sie haben die prächtige alte Villa gehaßt, die da drinnen sein soll, mit ihren Marmortreppen und ihren grobfädigen Tapeten; und die uralten Bäume mit ihren schwarzen, stolzen Kronen, Pinien und Lorbeer, Edeleschen, Zypressen und Steineichen sind während der ganzen Zeit ihres Wachstums mit jenem Haß gehaßt worden, welchen unruhige Herzen gegen das Alltägliche, das Ereignislose, gegen das, was nicht mitverlangt und deshalb zu widerstreben scheint, hegen.

Aber von dem Balkon aus konnte man wenigstens mit den Blicken hinauskommen, und daher sind sie dort gestanden, Generation auf Generation, und alle haben sie hinausgestarrt, jeder mit seinem Für, jeder mit seinem Wider. Mit goldenen Spangen geschmückte Arme haben auf dem Rande des Eisenkorbes gelegen, und manches seidenumhüllte Knie hat sich gegen jene schwarzen Arabesken gestemmt, während bunte Bänder als Liebesgrüße und Stelldicheinversprechen von all seinen Sprossen herabgeweht haben. Schwerfällige, schwangere Hausmütter, auch sie standen hier einst und sandten unmögliche Botschaften in die Ferne hinaus. Große, üppige, verlassene Frauen, bleich wie der Haß … wenn ein Gedanke den Tod geben könnte, wenn ein Wunsch die Hölle öffnen könnte! … Frauen und Männer! Es sind immer Frauen und Männer, selbst diese mageren, weißen Jungfrauenseelen, die sich wie ein Flug verirrter Tauben gegen das schwarze Gitter pressen und rufen: Greift uns, ihr edlen Raubvögel!

Hier könnte man sich ein Proverbe vorstellen.

Die Szenerie würde sehr gut für ein Proverbe passen.

Die Mauer dort mit dem Balkon ganz wie sie ist; nur der Weg müßte breiter sein, sich zu einem Rondel erweitern, und in der Mitte ist ein alter, bescheidener Springbrunnen nötig aus gelblichem Tuff und einer Schale aus geborstenem Porphyr. Als Fontänenfigur ein Delphin mit abgebrochenem Schwanz und einem verstopften Nasenloch. Aus dem andern steigt der dünne Wasserstrahl auf. – Auf der einen Seite des Springbrunnens eine halbrunde Bank aus Tuffstein und gebrannten Steinen.

Der lose, weißgraue Staub, der rötliche, gegossene Stein, der behauene, gelbliche, poröse Tuff, der dunkle, geschliffene, von Feuchtigkeit erglänzende Porphyr und dann der lebendige, kleine, silbernerzitternde Strahl: Material und Farben stimmen außerordentlich gut.

Personen: zwei Pagen.

Nicht aus einer bestimmten, historischen Zeit, denn die wirklichen Pagen haben dem Pagenideal ja durchaus nicht entsprochen. Diese Pagen, das sind die Pagen, wie sie in Bildern und Büchern lieben und träumen.

Es ist also nur die Tracht, die etwas Historisches an sich hat.

Die Schauspielerin, welche die jüngere der Pagen sein soll, ist in leichter Seide, die sich fest anschmiegt und hellblau ist, mit eingewebten heraldischen Lilien aus dem lichtesten Gold. Das, und dann soviel Spitzen, wie sich möglicherweise anbringen lassen, sind das hervorragendste an dem Kostüm, das nicht so sehr auf ein bestimmtes Jahrhundert abzielt, als darauf, die jugendlich üppige Gestalt, das prachtvolle, blonde Haar und den klaren Teint hervorzuheben.

Sie ist verheiratet, aber es dauerte nur anderthalb Jahre, dann wurde sie vom Manne geschieden und soll sich durchaus nicht gut gegen ihn benommen haben. Und das mag wohl sein, aber etwas Unschuldigeres kann man nicht vor Augen sehen. Das heißt, es ist nicht jene niedliche Unschuld aus erster Hand, die allerdings ihr Anziehendes hat, sondern jene wohl gepflegte, gut entwickelte Unschuld, in der kein Mensch sich irren kann, und die einem direkt zum Herzen geht und einen mit jener ganzen Macht bezaubert, die nur einmal dem Vollendeten gegeben ist.

Die zweite Schauspielerin ist im Proverbe die schlanke Melancholische. Sie ist unverheiratet und hat keine Geschichte, absolut keine; es gibt niemand, der auch nur das Geringste weiß, und doch liegt soviel Sprechendes in diesen feingezeichneten, fast mageren Gliedern, in dem bernsteinbleichen, regelmäßigen Antlitz, das, von rabenschwarzen Locken beschattet und von jenem kräftigen, männlichen Hals getragen, durch sein höhnisches und doch zugleich sehnsuchtkrankes Lächeln reizt, und unergründlich ist durch diese Augen, deren Dunkel so weich und glänzend ist wie die dunklen Blätter in der Blume des Stiefmütterchens.

Das Kostüm ist aus mildem Gelb, küraßartig, mit breiten Längsstreifen, aufrechtstehendem, steifem Kragen und Knöpfen aus Topas. Ein schmaler, gekrauster Streifen sieht am Rande des Kragens und ebenso an den enganliegenden Ärmeln hervor. Die Beinkleider sind kurz, weit, geschlitzt und von toter, grüner Farbe mit mattem Purpur in den

Schlitzen. Graues Trikot. – Der blaue Page hat selbstverständlich ein glänzend weißes.

Beide tragen sie Baretts.

So sehen sie aus.

Und jetzt steht der Gelbe oben auf dem Balkon und lehnt sich über den Rand, während der Blaue unten auf der Bank des Springbrunnens sitzt, gemächlich zurückgelehnt, die beringten Hände um das eine Knie gefaltet. Träumend starrt er auf die Campagna hinaus.

Nun spricht er.

»Nein, es gibt nichts auf der Welt wie die Weiber! – Ich begreife es nicht … es muß ein Zauber in den Linien liegen, in denen sie geschaffen sind, wenn ich sie nur vorübergehen sehe! Isaura, Rosamunde, und Donna Lisa und die anderen, wenn ich nur sehe, wie das Gewand sich an ihre Formen schmiegt, wie es sich faltet bei ihrem Gang, so ist mir, als ob mein Herz mir das Blut aus allen Adern tränke und meinen Kopf leer und ohne Gedanken und meine Glieder bebend und ohne Kraft ließe – mein ganzes Wesen in einen einzigen langen, zitternden und angstvollen Sehnsuchtshauch sammelnd. Was ist das? Was mag es sein? Es ist, als ob das Glück unsichtbar an meiner Tür vorüberginge, und ich müßte es greifen und festhalten und es müßte mein sein, so wundersam, – und ich kann es doch nicht fassen, weil ich es nicht sehen kann.«

Darauf spricht der andere Page von seinem Balkon:

»Und wenn du nun zu ihren Füßen säßest, Lorenzo, und sie in ihre Gedanken verloren, vergessen hätte, weshalb sie dich rufen ließ, und du säßest schweigend und wartetest, und ihr schönes Antlitz wäre über dich gebeugt, in den Wolken seiner Träume ferner von dir als der Stern an seinem Himmel, und doch deinem Blick so nahe, daß jeder Zug deiner Bewunderung preisgegeben wäre, jede schönheitgeborene Linie, jede Farbenlinie der Haut in ihrer weißen Ruhe sowohl wie in ihrem weichen, rosigen Erröten – wäre es dir dann nicht, als ob sie, wie sie da sitzt, einer andern Welt angehörte als jener, in der du in Bewunderung kniest, als ob ihr eine andere Welt gehörte, als ob eine andere Welt sie umgebe, in der ihre festlich gekleideten Gedanken einem Ziel entgegen gingen, das du nicht kennst; wo sie liebt, fern von allem, was dein ist, von deiner Welt und allem; wo sie in die Ferne träumt und verlangt – als ob nicht der kleinste Raum für dich in ihren Gedanken zu gewinnen wäre, obgleich du Dich danach sehnst. Dich für sie zu opfern, dein Leben und alles für sie hinzugeben, nur damit das zwischen dir und ihr wäre, was kaum wie ein Schimmer der Gemeinschaft, wieviel weniger ein Zusammengehören wäre.«

»Ja, ja. Du weißt wohl, daß es so ist. Aber ...«

Jetzt läuft eine grüngelbe Eidechse am Rande des Balkons entlang. Sie hält inne und schaut umher. Der Schwanz bewegt sich ...

Wenn man jetzt einen Stein hätte ...

Nimm dich in acht, meine vierbeinige Freundin!

Nein, die sind nicht zu treffen; die hören den Stein lange, bevor er kommt. Erschrocken ist sie aber doch.

Aber im selben Augenblick verschwanden auch die Pagen.

Sie saß dort so hübsch, die Blaue, und in ihrem Blick lag grade die rechte unbewußte Sehnsucht, und eine ahnungsvolle Nervosität in all ihren Bewegungen sowohl wie in dem leisen Schmerzenszug um ihren Mund, wenn sie sprach und noch mehr, wenn sie auf die weiche, ein wenig tiefe Stimme des gelben Pagen lauschte, die vom Balkon herab die aufreizenden und doch liebkosenden Worte mit einem Anklang von Spott und einem Anklang von Sympathie zu ihr sprach.

Und ist es jetzt nicht, als ob beide wieder da wären?

Sie sind dort, und sie haben das Proverbe weiter gespielt, während sie fort waren, und haben von jener unbestimmten Jünglingsliebe gesprochen, die niemals Ruhe findet, sondern rastlos durch alle Lande der Ahnungen und alle Himmel der Hoffnung flattert, krank vor Sehnsucht danach sich in der starken, innigen Glut einer einzigen großen Empfindung zu sammeln, davon haben sie gesprochen; der jüngere mit bitteren Klagen, der ältere wehmütig, und jetzt sagt dieser – der Gelbe zum Blauen – er solle nicht so ungeduldig danach verlangen, daß die Gegenliebe eines Weibes ihn fangen und festhalten möge.

»Nein, glaub mir«, sagt er, »die Liebe, die du in der Umklammerung zweier weißer Arme findest, mit zwei Augen als deinem nahen Himmel und der sicheren Seligkeit zweier Lippen, die liegt der Erde und dem Staube zu nahe, die hat die freie Ewigkeit der Träume gegen ein Glück eingetauscht, das sich nach Stunden bemißt und nach Stunden altert; denn wenn es sich auch stetig verjüngt, so verliert es doch jedesmal einen jener Strahlen, die mit einem Glorienschein, der nicht welken kann, die ewige Jugend der Träume umstrahlt. Nein, du bist glücklich!«

»Nein, *Du* bist glücklich!« entgegnet der Blaue. »Ich würde eine Welt darum geben, wenn ich wäre wie *Du*.«

Und der Blaue erhebt sich und geht den Weg nach der Campagna hinunter, und der Gelbe sieht ihm mit einem wehmütigen Lächeln nach und spricht vor sich hin: nein, *er* ist glücklich!

Aber weit unten am Wege wendet der Blaue sich noch einmal nach dem Balkon um und ruft, während er das Barett lüftet: »Nein, du bist glücklich!«

Hier sollten Rosen stehen.

Und dann müßte jetzt ein Windhauch kommen und einen Regen von Rosenblättern von den blütenschweren Zweigen herabschütteln und sie dem fortgehenden Pagen nachwirbeln.

Die Pest in Bergamo

Da lag Alt-Bergamo oben auf dem Gipfel eines niederen Berges, eingehegt von Mauern und Toren, und da lag das neue Bergamo am Fuße des Berges, allen Winden offen.

Eines Tages brach die Pest unten in der neuen Stadt aus und griff fürchterlich um sich; es starben eine Menge Menschen und die andern flüchteten über die Ebene nach allen vier Weltgegenden. – Und die Bürger in Alt-Bergamo zündeten die verlassene Stadt an, um die Luft zu reinigen, aber das half nichts; sie fingen auch an, oben bei ihnen zu sterben, zuerst einer täglich, dann fünf, dann zehn, zuletzt zwanzig, und als es den höchsten Grad erreicht hatte, noch viele mehr.

Und die konnten nicht flüchten, sowie die in der neuen Stadt es getan hatten.

Es gab ja solche, die es versuchten, aber die führten das Leben eines gehetzten Tiers, mit Verstecken in Gräben und Sielen, in Wäldern und grünen Feldern; dann die Bauern, denen die ersten Flüchtlinge die Pest in die Gehöfte gebracht hatten, steinigten jede fremde Seele, der sie begegneten, und verjagten sie von ihrem Gebiet oder schlugen sie ohne Gnade und Barmherzigkeit nieder wie tolle Hunde, in gerechter Notwehr, wie sie meinten.

Die Leute von Alt-Bergamo mußten bleiben, wo sie waren, und Tag für Tag wurde es heißer, und Tag für Tag wurde die grauenvolle Krankheit gieriger und gieriger in ihrem Griff. Das Entsetzen steigerte sich zum Wahnsinn, und was an Ordnung und rechtem Regiment gewesen, das war, als ob die Erde es verschlungen und dafür das Schlimmste hergegeben hätte.

Gleich im Anfang, als die Pest begann, hatten die Menschen sich in Einigkeit und Eintracht zusammengeschlossen, hatten darauf geachtet, daß die Leichen ordentlich und gut begraben wurden, und jeden Tag dafür gesorgt, daß auf Märkten und Plätzen große Scheiterhaufen angezündet wurden, damit der gesunde Rauch durch die Gassen ziehen könne. Wacholder und Essig waren an die Armen verteilt worden und vor allen Dingen hatten die Leute früh und spät die Kirchen aufgesucht, allein und in Prozessionen, täglich waren sie mit ihren Gebeten vor Gott gewesen, und jeden Abend, wenn die Sonne zur Ruhe ging, hatten die Glocken aller Kirchen aus ihren hundert schwingenden Schlünden klagend zum Himmel gerufen. Und Fasten waren anbefohlen und die Reliquien waren jeden Tag auf den Altären ausgestellt gewesen.

Endlich eines Tages, als sie nicht mehr wußten, was sie beginnen sollten, hatten sie unter Tuben- und Posaunenklang vom Altan des Rathauses herab die heilige Jungfrau zum Podesta oder Bürgermeister der Stadt ausgerufen, für jetzt und alle Ewigkeit.

Aber das half alles nichts; es gab nichts, das half.

Und als das Volk es vernahm und nach und nach in dem Glauben fest wurde, daß der Himmel entweder nicht helfen wollte oder nicht konnte, da legten sie nicht nur die Hände in den Schoß und sagten, nun möge kommen, was da wolle, nein, es war, als ob die Sünde aus einer heimlichen, schleichenden Krankheit zur bösen, offenbaren, rasenden Pest geworden war, die Hand in Hand mit der körperlichen Seuche darnach strebte, die Seele zu morden, so wie jene die Körper zerstörte. So unglaublich war ihr Tun, so ungeheuer ihre Verderbnis. Die Luft war erfüllt von Lästerung und Gottlosigkeit, vom Stöhnen der Schlemmer und vom Geheul der Trinker, und die wildeste Nacht barg nicht mehr Unzucht, als ihre Tage es taten.

»Heute wollen wir essen, denn morgen müssen wir sterben!«

Es war, als hätten sie hierzu Noten geschrieben, die auf mannigfachen Instrumenten in einem unendlichen Höllenkonzert gespielt wurden. Ja, wären nicht schon alle Sünden vorher erfunden gewesen, so wären sie jetzt erfunden worden, denn es gab keinen Weg, den sie in ihrer Verwerflichkeit nicht eingeschlagen hätten. Die unnatürlichsten Laster florierten unter ihnen, und selbst solche seltenen Sünden wie Nekromantie, Zauberei und Teufelsbeschwörung waren ihnen wohlbekannt, denn es gab viele, die von den Mächten der Hölle jenen Schutz erwarteten, den der Himmel nicht gewähren wollte.

Alles was Hilfsbereitschaft oder Mitleid hieß, war aus den Gemütern geschwunden, jeder hatte nur Gedanken für sich. Der Kranke wurde wie der gemeinsame Feind aller angesehen, und wenn es einem Unglücklichen passierte, daß er matt vom ersten Fieberschwindel der Pest auf der Straße umfiel, so gab es keine Tür, die sich ihm öffnete, sondern man zwang ihn durch Lanzenstiche und Steinwürfe, sich den Gesunden aus dem Wege zu schleppen.

Und Tag für Tag nahm die Pest zu, die Sommersonne brannte auf die Stadt herab, kein Regentropfen fiel, kein Lüftchen rührte sich, und die Leichen, die in den Häusern verfaulten, und die Leichen, welche nicht ordentlich vergraben wurden, erzeugten einen Gestank, der sich mit der stillstehenden Luft der Straßen vermischte und Raben und Krähen in Schwärmen, in Wolken herbeilockten, sodaß es auf Mauern und Dächern schwarz davon war. Und rund umher auf der Ringmauer der Stadt saßen einzelne wunderliche, große, ausländische Vögel, von weither, mit raublüsternem Schnabel und erwartungsvoll gekrümmten Krallen, und sie saßen und sahen mit ihren ruhigen, gierigen Augen hinab, als warteten sie nur darauf, daß die unglückliche Stadt sich in eine einzige große Aasgrube verwandle.

Es waren gerade elf Wochen, seitdem die Pest ausgebrochen, als die Turmwächter und andere Leute, die sich an höher gelegenen Stellen aufhielten, einen seltsamen Zug von der Ebene in die Gassen der neuen Stadt zwischen den rauchgeschwärzten Steinen und den schwarzen Aschenhaufen einbiegen sahen. Eine Menge Menschen! Gewiß gegen sechshundert oder mehr, Männer und Weiber, Alte und Junge, und diese hatten große, schwarze Kreuze zwischen sich, und breite Banner, rot wie Feuer und Blut über sich. Sie singen, indem sie vorwärts schreiten, und ganz verzweiflungsvoll klagende Töne steigen in die stille, schwüle Luft empor.

Braun, grau, schwarz ist ihre Tracht, aber alle tragen sie ein rotes Zeichen auf der Brust. Als sie näher kommen, ist es ein Kreuz. Denn sie kommen immer näher. Sie pressen sich den steilen, von einer Mauer eingefriedeten Weg empor, der hinauf zur alten Stadt führt. Es ist ein Gewimmel von weißen Gesichtern, sie tragen Geißeln in den Händen, auf ihren roten Fahnen ist ein Feuerregen abgebildet. Und im Gedränge schwanken die schwarzen Kreuze von der einen Seite auf die andere.

Aus dem zusammengedrängten Haufen steigt ein Geruch nach Schweiß, nach Asche, nach Straßenstaub und altem Weihrauch auf. Sie singen nicht mehr, sie sprechen auch nicht, – nichts als der trippelnde, herdenartige Laut ihrer nackten Füße.

Angesicht auf Angesicht taucht in das Dunkel der Turmpforte und kommt auf der andern Seite mit lichtscheuen Mienen und halbgeschlossenen Lidern wieder ins Licht. Dann fängt der Gesang wieder an: ein Miserere; sie pressen die Geißeln fester und schreiten stärker aus wie bei einem Kriegsgesang.

Als ob sie aus einer ausgehungerten Stadt kämen, sehen sie aus, ihre Wangen sind hohl, die Knochen stehen hervor, ihre Lippen sind blutleer und unter den Augen haben sie schwarze Ringe.

Die aus Bergamo sind zusammengeströmt und sehen sie mit Verwunderung und Unruhe an. Rote, verschlemmte Gesichter stehen diesen bleichen gegenüber; träge, von Unzucht ermattete Blicke senken sich vor diesen scharfen, flammenden Augen; höhnende Gotteslästerer bleiben mit offenem Munde vor diesen Hymnen stehen.

Und an all ihren Geißeln klebt Blut. Dem Volk wurde diesen Leuten gegenüber ganz wunderlich zumute.

Aber es dauerte nicht lange, und sie schüttelten diesen Eindruck ab. Einige hatten unter den Kreuzträgern einen halbverrückten Schuhmacher aus Brescia wiedererkannt, und sofort war die ganze Schar durch ihn zum Gelächter geworden. Inzwischen war es doch etwas Neues, eine Zerstreuung in dem Alltäglichen, und da die Fremden der Domkirche zuschritten, so ging man hinterher, wie man einer Gauklerbande oder einem zahmen Bären gefolgt sein würde.

Aber während man ging und sich schob, wurde man erbittert, man fühlte sich so nüchtern der Feierlichkeit dieser Menschen gegenüber, und man begriff sehr wohl, daß diese Schuhmacher und Schneider hergekommen waren, um zu bekehren, zu beten und die Worte zu sprechen, die man nicht hören wollte. Da waren zwei magere, grauhaarige Philosophen, die die Gottlosigkeit zum System gemacht hatten; sie reizten die erhitzte Menge so recht aus der Bosheit ihres Herzens auf, sodaß ihre Haltung mit jedem Schritt, den man der Kirche näher kam, drohender wurde, ihre Zornesausbrüche wilder, und es fehlte nicht viel, so hätten sie Hand an diese fremden Geißelschneider gelegt. Aber da öffnete kaum hundert Schritt von der Kirche ein Wirtshaus seine Türen, und eine ganze Schar von Zechbrüdern stürzte heraus, der eine auf dem Rücken des andern, und sie setzten sich an die Spitze der Prozession und führten sie singend und brüllend mit höhnisch lächerlichen Gebärden an, mit Ausnahme von einem, der die grasbewachsenen Stufen der Kirchentreppe hinauf ein Rad schlug. Darüber wurde gelacht, und so kamen sie alle friedlich ins Heiligtum hinein.

Es war wunderlich, wieder hier zu sein, durch den kühlen, großen Raum zu schreiten, in dieser Luft, die so scharf nach altem Qualm von Wachslichtschnuppen roch, – über diese alten, eingesunkenen Fließen, mit deren halbverlöschten Ornamenten und blanken Inschriften der Gedanke sich so oft ermüdet hatte. Und während nun das Auge sich halb neugierig, halb unwillig in dem milden Halbdunkel unter der Wölbung zur Ruhe locken ließ, oder auf die gedämpfte Mannigfaltigkeit von bestaubtem Gold und eingeräucherten Farben fiel, oder sich in die Schatten der Altarwinkel verlor, stieg eine Art Sehnsucht auf, die nicht niederzuhalten war.

Inzwischen trieben die aus dem Wirtshause ihr Unwesen oben am Hauptaltar, und ein großer, kräftiger Schlächter unter ihnen, ein junger Mann, hatte seine weiße Schürze abgenommen und sie sich um den Hals gebunden, sodaß sie wie ein Mantel auf seinem Rücken hing, und so hielt er in den wilden, wahnwitzigsten Worten, voll Unzucht und Gotteslästerung Messe ab, und ein ältlicher, kleiner Dickbauch, behende und leichtfüßig obgleich er dick war, mit einem Gesicht wie ein abgezogener Kürbis, – der war Meßner und respondierte in den liederlichsten Weisen, die man hören konnte, und er kniete und knixte und wandte dem Altar die Rückseite zu und läutete mit der Glocke wie mit einer Narrenschelle und schlug mit dem Weihrauchkessel ein Rad um sich herum; und die anderen Betrunkenen lagen auf den Stufen, so lang sie waren, und brüllten vor Lachen und schlucksten vor Trunkenheit.

Und die ganze Kirche lachte und spottete über die Fremden und rief ihnen zu, gut aufzupassen, ob sie klug daraus werden könnten, für was man ihren Herrgott hier in Alt-Bergamo halte. Denn es war ja nicht so sehr, daß man Gott etwas anhaben wollte, indem man über diesen Aufzug jubelte, sondern man freute sich darüber, daß jede Gotteslästerung ein Stachel im Herzen dieser Heiligen sein mußte.

Die Heiligen hielten sich mitten im Schiffe und stöhnten vor Pein, ihre Herzen kochten vor Haß und Rachedurst, und sie flehten mit Augen und Händen zu Gott empor, daß er sich doch für all den Hohn rächen möge, der ihm hier in seinem eigenen Hause angetan wurde; sie wollten ja gern mit diesen Vermessenen zugrunde gehen, wenn er nur seine Macht zeigen wollte; mit Wollust wollten sie sich von seinem Fuße zermalmen lassen, wenn er nur triumphieren wollte, und Entsetzen und Verzweiflung und Reue, die zu spät kamen, von all diesen gottlosen Lippen emporschreien möchten.

Und sie stimmten ein Miserere an, das in jedem Ton wie ein Ruf nach jenem Schwefelregen klang, der auf Sodom herabfiel, nach jener Macht, die Simson hatte, als er die Säule im Hause der Philister niederriß. Sie flehten mit Singen und mit Worten, sie entblößten die Schultern und flehten mit ihren Geißeln. Da lagen sie Reihe an Reihe kniend, bis zum Gürtel entblößt und schwangen die gestachelten Schnüre über ihren blutrünstigen Rücken. Wild und rasend schlugen sie zu, sodaß das Blut in Tropfen an den pfeifenden Geißeln hing. Jeder Schlag war ein Gott dargebrachtes Opfer. Könnten sie doch noch anders zuschlagen, könnten sie sich hier vor seinen Augen in tausend blutige Stücke reißen! Dieser Körper, mit dem sie gegen seine Gebote gesündigt hatten, er sollte gestraft, gemartert, vernichtet werden, damit er sehen konnte, wie sie es haßten, damit er sehen konnte, wie sie zu Hunden wurden, um ihm zu gefallen, geringer als Hunde unter seinem Willen, das niedrigste Gewürm, das Staub unter seinen Fußsohlen aß! Und Schlag auf Schlag – bis die Arme herabfielen oder der Krampf sie in Knoten verzog. Da lagen sie, Reihe an Reihe mit wahnsinnfunkelnden Augen, mit Schaum vor dem Munde, das Blut an ihrem Fleische herabrieselnd. Und die, welche dies ansahen, fühlten plötzlich ihre Herzen klopfen, merkten, wie die Röte ihnen in die Wangen stieg, und das Atmen ihnen schwer wurde. Es war, als ob etwas Kaltes sich unter ihrer Kopfhaut strämmte, ihre Kniee wurden schwach. Denn dies packte sie; in ihrem Hirn war ein kleiner Wahnsinnspunkt, der diesen Wahnsinn verstand.

Sich als der Sklave der gewaltigen, harten Gottheit fühlen, sich selbst bis vor ihre Füße stoßen, ihr eigen zu sein, nicht in stiller Frömmigkeit, nicht in der Tatenlosigkeit stiller Gebete, sondern rasend, in einem Rausch der Selbsterniedrigung, in Blut und Geheul, unter feuchtblinkenden Geißeln – das waren sie fähig zu begreifen, selbst der Schlächter wurde still, und die zahnlosen Philosophen senkten ihre grauen Köpfe vor den Augen, die umherblickten.

Und es wurde ganz still da drinnen in der Kirche, nur ein leises Wogen ging durch den Haufen.

Da erhob sich einer von den Fremden, ein junger Mönch, und sprach. Er war bleich wie ein Leintuch, seine schwarzen Augen glühten wie Kohlen, die im Begriff sind zu erlöschen, und die düsteren, schmerzverhärteten Züge um seinen Mund waren wie mit einem Messer in Holz geschnitten und nicht wie die Falten in einem Menschengesicht.

Er streckte die dünnen, krankhaften Hände im Gebet zum Himmel empor, und die Ärmel der schwarzen Kutte glitten von seinen weißen, mageren Armen herab.

Dann sprach er.

Von der Hölle sprach er, davon, daß sie unendlich sei, wie der Himmel unendlich ist, von der einsamen Welt der Qual, welche jeder der Verurteilten zu durchleiden und mit seinem Geschrei zu erfüllen hat; Meere von Schwefel seien dort, Felder von Skorpionen, Flammen, die sich um einen legen, wie ein Mantel sich legt, und ruhige, verhärtete Flammen, die sich in ihn hineinbohren wie ein Spieß, der in einer Wunde umgedreht wird.

Es war ganz still, atemlos lauschten sie auf seine Worte, denn er sprach, als ob er es mit eigenen Augen gesehen hätte, und sie fragten sich: ist das nicht einer der Verdammten, der aus dem Schlunde der Hölle zu uns herauf gesandt ist, um Zeugnis vor uns abzulegen?

Dann predigte er lange vom Gesetz und von der Strenge des Gesetzes; davon, daß jedes Titelchen in demselben erfüllt werden müsse, und daß jede Übertretung, deren sie sich schuldig gemacht hatten, ihnen bei Lot und Unze angerechnet werden würde. »Aber Christus ist für unsere Sünden gestorben, sagt ihr, wir stehen nicht mehr unter dem Gesetz. Aber ich sage euch, daß die Hölle nicht um einen einzigen von euch betrogen werden wird, und nicht ein Eisenzahn am Marterrad der Hölle wird außerhalb eures Fleisches vorübergehen. Ihr baut auf Golgathas Kreuz, kommt, kommt! Kommt und seht es an! Ich werde euch an seinen Fuß führen. Es war an einem Freitag wie ihr wißt, daß sie ihn aus einem ihrer Tore hinausstießen und das schwerste Ende eines Kreuzes auf seine Schultern legten und es ihn an einen unfruchtbaren Lehmhügel vor der Stadt tragen ließen, und in Haufen gingen sie mit und wirbelten den Staub auf mit ihren Füßen, sodaß es wie eine rote Wolke über der Stätte lag. Und sie rissen ihm die Kleider herab und entblößten ihn, so wie die Herren des Gesetzes einen Missetäter vor aller Blicke entblößen lassen, sodaß alle das Fleisch sehen können, das der Folter überantwortet werden soll; und sie warfen ihn auf das Kreuz und streckten ihn hin und schlugen einen Nagel von Eisen durch jede seiner widerstrebenden Hände und einen Nagel durch seine gekreuzten Füße, mit Keulen schlugen sie die Nägel gerade in seinen Kopf. Und sie richteten das Kreuz auf in einem Loche in der Erde, aber es wollte nicht fest und grade stehen, und sie rückten es hin und her und trieben Keile und Pflöcke rund umher ein, und die, welche es taten, schlugen den Schirm ihrer Hüte herab, daß das Blut von seinen Händen ihnen nicht in die Augen tropfen sollte. Und er da oben sah auf die Soldaten herab, die um sein zerrissenes Gewand würfelten, und auf den ganzen heulenden Haufen, für den er litt, auf daß jener erlöst werden sollte, und in dem ganzen Haufen war nicht ein mitleidiges Auge. Und die da unten sahen wieder auf ihn, der leidend und matt da oben hing, sie sahen auf das Brett über seinem Haupte, worauf König der Juden geschrieben stand, und sie verspotteten ihn und riefen ihm zu: ›Du, der du den Tempel niederreißest und ihn in drei Tagen wieder auferbaust, hilf dir nun selbst; bist du Gottes Sohn, so steig herunter von diesem Kreuze.‹ Da ward Gottes eingeborener Sohn in seinem Sinne erzürnt und sah, daß sie nicht der Erlösung wert waren, jene Haufen, die die Erde anfüllen, und er riß seine Füße über dem Kopf des Nagels aus, und er ballte seine Hände um die Nägel der Hände und zog diese aus, sodaß die Arme des Kreuzes sich wie ein Bogen spannten, und er sprang hinab auf die Erde und riß sein Gewand an sich, daß die Würfel über den Abhang von Golgatha herabrollten, und er warf es um sich mit dem Zorn eines Königs und fuhr zum Himmel auf. Und das Kreuz stand leer, und das große Werk der Versöhnung ward nie vollbracht. Es gibt keinen Vermittler zwischen uns und Gott; kein Jesus ist für uns am Kreuze gestorben, kein Jesus ist für uns am Kreuze gestorben, *kein Jesus ist für uns am Kreuze gestorben!*«

Er schwieg.

Bei den letzten Worten hatte er sich über die Menge vorgebeugt und gleichsam mit Lippen und Händen seinen Ausspruch über ihre Häupter geschleudert, und ein Angststöhnen war durch die Kirche gegangen, und in den Winkeln hatten sie angefangen zu schluchzen.

Da drängte der Schlächter sich vor mit emporgehobenen, drohenden Händen, bleich wie eine Leiche, und schrie: »Mönch, Mönch, willst du ihn wieder ans Kreuz nageln, willst du!« – Und hinter ihm klang es zischend heiser: »Ja, ja, kreuzige, kreuzige ihn!« Und aus allen Munden klang es drohend und gebieterisch in einem Sturm von Rufen zur Wölbung empor: »Kreuzige, kreuzige ihn.«

Und klar und hell eine einzelne bebende Stimme: »Kreuzige ihn!«

Aber der Mönch blickte auf die emporgestreckten Hände nieder, auf die verzerrten Gesichter mit den dunklen Öffnungen der schreienden Lippen, wo die Zahnreihen weiß glänzten wie die Zähne gereizter Raubtiere, und in einem Augenblick der Exstase breitete er die Arme zum Himmel empor und lachte. Dann stieg er herab, und seine Leute erhoben die Schwefelregen-Banner und ihre leeren, schwarzen Kreuze und drängten zur Kirche hinaus, und wieder zogen sie über den Markt und durch die Öffnung der Turmpforte.

Und die von Alt-Bergamo starrten ihnen nach, als sie den Berg hinabgingen. Der steile, von Mauern eingefriedete Weg war neblig vom Licht der Sonne, die draußen über der Ebene herabsank, aber auf der roten Ringmauer der Stadt zeichneten die Schatten ihrer großen Kreuze, die in dem Gedränge von einer Seite auf die andere schwankten, sich schwarz und scharf ab.

Ferner erklang der Gesang; rot leuchtete noch ein oder das andere Banner aus der rauchgeschwärzten Öde der neuen Stadt hervor, dann verschwanden sie in der lichten Ebene.

Frau Fönß

In den hübschen Anlagen hinter dem alten Palast der Päpste in Avignon steht eine Aussichtsbank, von der man über die Rhone, über die Blumenufer der Durance, über Höhen und Wiesen und einen Teil der Stadt sieht.

An einem Oktobernachmittag saßen auf dieser Bank zwei dänische Damen, eine verwitwete Frau Fönß und ihre Tochter Ellinor.

Obgleich sie schon ein paar Tage hier gewesen und die Aussicht wohl kannten, welche vor ihnen lag, so saßen sie doch und wunderten sich darüber, daß es in der Provence so aussah.

Daß dies wirklich die Provence war! Ein lehmiger Fluß, mit Flächen schlammigen Sandes und unendlichen Strecken von steingrauem Kies; dann blaßbraune Wiesen ohne einen Grashalm, blaßbraune Halden, blaßbraune Höhen, und staubhelle Wege, und hie und da bei den weißen Häusern Gruppen schwarzer Bäume, vollständig schwarzer Büsche und Bäume. Über all diesem ein weißlicher lichtzitternder Himmel, der alles noch blasser machte, noch trockner und ermüdender hell, nicht ein Schimmer üppiger, gesättigter Töne, lauter hungrige, dürre Farben, und nicht ein Laut in der Luft, nicht eine Sense, die durch das Gras fuhr, nicht ein Wagen, der über die Wege rasselte, und die Stadt da zu beiden Seiten gleichsam aus Ruhe aufgebaut, mit all den mittagstillen Gassen, all den taubstummen Häusern, wo jeder Riegel, jede Jalousie geschlossen, in jedem einzigen geschlossen, Häuser, die weder sehen noch hören konnten.

Frau Fönß hatte dieser leblosen Einförmigkeit gegenüber nur ein resigniertes Lächeln, aber Ellinor wurde sichtlich nervös davon, nicht lebhaft ärgerlich nervös, aber klagend und matt, wie man es nach tagelangem Regenwetter wird, wenn all unsere trübseligen Gedanken nicht herabregnen, oder bei dem idiotisch tröstenden Ticken einer Stubenuhr, wenn man dasitzt und seiner selbst unheilbar überdrüssig ist; oder bei den Blumen unserer Tapete, wenn dieselbe Kette abgenutzter Träume gegen unsern Willen in unserem Gehirn umherrasselt und zusammengeknüpft wird und in Stücke geht und in erstickender Unendlichkeit wieder zusammengeknüpft wird. Sie wirkte geradezu körperlich auf sie ein, diese Landschaft, und brachte sie einer Ohnmacht nahe; so hatte sich heute alles mit Erinnerungen an eine Hoffnung verschworen, die vernichtet war, an lebhaft süße Träume, die jetzt krankhaft widerlich waren, Träume die so schamrot machten, wenn sie ihrer gedachte und die sie doch nie vergessen konnte. Und was hatte es denn mit dieser Gegend zu tun; der Schlag hatte sie doch soweit von hier getroffen, in heimischen Umgebungen, am farbenwechselnden Sund, unter lichtgrünen Buchen – und doch hatte jeder blaßbraune Hügel es hier auf den Lippen, und jedes grünverhängte Haus stand da und schwieg darüber.

Es war der alte Schmerz für junge Herzen, der sie betroffen; sie hatte einen Mann geliebt und an Gegenliebe geglaubt, und da hatte er plötzlich eine andere erwählt; weshalb, wozu? Was hatte sie ihm getan? Hatte sie sich verändert? War sie nicht mehr dieselbe? Und all die ewigen Fragen wieder und immer wieder. Sie hatte ihrer Mutter kein Wort gesagt, aber ihre Mutter hatte alles verstanden und war so besorgt um sie gewesen; sie hätte bei dieser Sorgfalt, die wußte und doch nicht wissen durfte, laut aufschreien mögen, und ihre Mutter hatte dies auch begriffen, und daher waren sie gereist.

Die ganze Reise war nur, damit sie vergessen sollte.

Frau Fönß brauchte die Tochter nicht ängstlich zu machen, indem sie ihr ins Gesicht sah, um zu wissen, wo sie wieder weilte; wenn sie nur die kleine nervöse Hand ansah, die neben ihr lag und so machtlos verzweifelt über die Sprossen der Bank strich, um jeden Augenblick wieder ihre Stellung zu verändern, wie ein Fieberkranker, der sich ruhelos in seinem Bette hin und her wirft; wenn sie das nur tat, diese Hand ansah, so wußte sie auch, wie lebensmüde die jungen Augen vor sich hinstarrten, wie zerquält das feine Antlitz in jedem Zug zitterte, wie bleich es in seinem Leiden war, und wie krankhaft die blauen Adern durch die zarte Hand an den Schläfen schienen.

Es tat ihr so weh um ihre kleine Tochter, und sie hätte sie so gern sich an ihre Brust lehnen lassen, um all die Trostesworte über sie auszuhauchen, die sie nur ersinnen konnte; aber sie hegte die Überzeugung, daß es Schmerzen gäbe, die in Verborgenheit hinsterben müssen, die sich nicht in Worten ausschreien dürfen, nicht einmal zwischen Mutter und Tochter, damit nicht eines Tages unter neuen Verhältnissen, wenn alles sich zu Glück und Seligkeit aufbauen will, diese Worte ein Hindernis werden können, etwas, das schwer lastet und unfrei macht, weil der, der sie gesprochen, sie in der Seele des andern flüstern hört, sie in den Gedanken des andern gewendet und gedreht und erwogen glaubt.

Und dann auch, daß sie fürchtete, der Tochter zu schaden, indem sie ihr das Vertrauen leicht machte; sie wollte nicht, daß Ellinor vor ihr erröten sollte; sie wollte nicht, wie sehr es sie auch erleichtern konnte, ihr über die Demütigung forthelfen, die darin liegt, daß man die verborgensten Winkel seiner Seele vor den Augen eines anderen öffnet; im Gegenteil, je schwerer es dadurch für sie beide wurde, umsomehr freute sie sich darüber, daß sie die Vornehmheit der Seele, die ihr selbst innewohnte in einer gewissen, gesunden Starrheit bei ihrer jungen Tochter wiederfand.

Einmal – es war einmal vor vielen, vielen Jahren, als sie selbst solch ein achtzehnjähriges Mädchen gewesen, da hatte sie mit ihrer ganzen Seele geliebt, mit allen Sinnen ihres Körpers, mit jeder Lebenshoffnung, jedem Gedanken; und es hatte nicht sein sollen, nicht sein können; er hatte nichts zu bieten gehabt als seine Treue, die in einer unendlich langen Verlobung erprobt werden sollte, und in ihrem väterlichen Hause waren Verhältnisse gewesen, die nicht warten konnten. Da hatte sie den genommen, den man ihr gegeben, ihn, der Herr war über diese Verhältnisse. Sie verheirateten sich, dann kamen die Kinder; Tage, der Sohn, der mit hier in Avignon war, und die Tochter, die neben ihr saß; und es war alles viel besser geworden, als sie erwarten konnte, viel leichter und freundlicher. Acht Jahre dauerte es, dann starb der Mann, und sie betrauerte ihn mit aufrichtigem Herzen, denn sie hatte diese feine, dünnblütige Natur lieben gelernt, die mit angespannter, egoistischer, fast krankhafter Liebe alles das umfaßte, was ihr durch Verwandtschaft und Familienbande angehörte, und die sich von der ganzen großen Welt da draußen einzig und allein um das kümmerte, was jene meinten; um sonst nichts. Nach dem Tode des Mannes hatte sie dann meistens für ihre Kinder gelebt, aber sie hatte sich nicht mit ihnen eingeschlossen, sie hatte teilgenommen am Gesellschaftsleben, wie es für eine so junge und vermögende Witwe natürlich war; und jetzt war ihr Sohn einundzwanzig Jahre alt, und ihr fehlten nicht mehr viele Tage bis zu vierzig. Aber sie war noch schön, nicht ein grauer Faden in ihrem dicken, dunkelblonden Haar, nicht eine Runzel um die großen, mutigen Augen, und die Figur schlank in ihrer formbeherrschten Fülle. Die kräftigen, linienfeinen Züge wurden durch den dunkleren, mehr farbentiefen Ton, den die Jahre ihnen gegeben, hervorgehoben, aber das Lächeln ihrer tiefgeschweiften Lippen hatte etwas so Süßes; eine fast rätselhafte Jugend in dem sanften Aufleuchten ihrer braunen Augen machte alles wieder mild und weich. Und doch hatte sie auch wieder die ernstvolle Rundung der Wangen, das willenstarke Kinn des gereiften Weibes.

»Da kommt gewiß Tage«, sagte Frau Fönß zur Tochter, als sie Lachen und einige dänische Ausrufe von der andern Seite der dicken Hagebuchenhecke her hörte.

Ellinor nahm sich zusammen.

Und es war Tage; Tage und Kastagers, Großhändler Kastager aus Kopenhagen mit Schwester und Tochter; Frau Kastager lag krank im Hotel.

Frau Fönß und Ellinor rückten, um den beiden Damen Platz zu machen; die Herren versuchten einen Augenblick stehend Konversation zu machen, ließen sich aber bald von der Feldsteinmauer locken, die den Aussichtspunkt umgab, und so saßen sie da und sprachen nur das notwendigste, denn die zuletztgekommenen waren müde von dem kleinen Eisenbahnausflug, den sie in die rosenblühende Provence unternommen hatten.

»Halloh«, rief Tage und schlug sich mit der flachen Hand auf die hellen Beinkleider, »seht dahin!«

Man sah hin.

Draußen in der braunen Landschaft zeigte sich eine Staubwolke, über dieser ein Staubmantel, und dazwischen gewahrte man ein Pferd. »Das ist der Engländer, von dem ich erzählte, der kürzlich angekommen«, sagte Tage zur Mutter gewendet. »Haben Sie schon einmal jemand so reiten sehen?« fragte er Kastager. »Er erinnert mich an die Gauchos.«

»Mazeppa?« sagte Kastager fragend.

Der Reiter verschwand.

Dann erhoben sie sich und machten sich auf den Weg ins Hotel.

Die Kastagers hatten sie in Belfort getroffen, und da sie dieselbe Tour machten, durch Südfrankreich an die Riviera, so waren sie vorläufig zusammen gereist. Hier in Avignon hatten sich dann die beiden Familien aufgehalten, der Großhändler, weil die Frau einen Aderkropf bekommen, die Familie Fönß, weil Ellinor augenscheinlich der Ruhe bedurfte.

Tage war entzückt über das Zusammenleben, denn Tag für Tag verliebte er sich sterblicher in die hübsche Ida Kastager; aber Frau Fönß war nicht sehr zufrieden, denn obwohl Tage für sein Alter sehr sicher und entwickelt war, so hatte er doch durchaus keine Eile mit einer Verlobung, – und außerdem dieser Kastager! Ida war ein prächtiges, kleines Mädchen, die Frau war eine außerordentlich gebildete Dame von ausgezeichneter Familie, und der Großhändler selbst war sowohl tüchtig wie reich und brav, aber es lag ein Hauch von Lächerlichkeit auf ihm, und die Leute pflegten unmerklich zu lächeln oder zu blinzeln, wenn man den Großhändler Kastager nannte. Er war nämlich so feurig und dann so außerordentlich begeistert, war es so offenherzig, so lärmend, so mitteilsam, und daher kam es; denn mit der Begeisterung umzugehen erfordert ja soviel Diskretion. Frau Fönß konnte aber den Gedanken nicht ertragen, daß man Tages Schwiegervater mit einem gewissen Lächeln oder Blinzeln nannte, und deshalb verhielt sie sich der Familie gegenüber ein wenig kühl, zum größten Kummer des verliebten Tage.

Am nächsten Vormittag waren Tage und seine Mutter gegangen, um sich das kleine Museum der Stadt anzusehen. Sie fanden die Pforte offen, die Türen zur Sammlung jedoch geschlossen; das Läuten erwies sich nutzlos. Indessen gab die Pforte Einlaß in den nicht besonders großen Hofraum, der von einem kürzlich getünchten Bogengang umgeben war, dessen kurze, dicke Säulen durch schwarze Eisenstangen voneinander getrennt waren.

Sie gingen umher und besahen das, was längs der Mauern aufgestellt war, römische Grabdenkmäler, Stücke von Sarkophagen, eine kopflose Gewandstatue, zwei Rückenwirbel von einem Walfisch und eine Reihe architektonischer Details.

Auf allen Merkwürdigkeiten lagen frische Spuren von den Kalkbürsten der Maurer.

Nun waren sie wieder an ihrem Ausgangspunkt.

Tage lief die Treppe hinauf, um zu sehen, ob nicht irgendwo im Hause Leute seien, und Frau Fönß ging inzwischen im Bogengang auf und ab.

Als sie auf der Tour nach der Pforte zu war, zeigte sich am Ende des Ganges, gerade vor ihr, ein hoher bärtiger Herr mit sonnverbranntem Gesicht. Er hatte ein Reisebuch in der Hand, lauschte zurück und blickte dann vorwärts, gerade auf sie.

Sie dachte sofort an den Engländer von gestern.

»Verzeihen Sie, Madame«, begann er fragend und grüßte.

»Ich bin hier fremd«, entgegnete Frau Fönß, »es scheint niemand zu Hause zu sein, aber mein Sohn ist hinaufgelaufen, um zu sehen, ob –
–«

Diese Worte wurden auf französisch gewechselt.

Im selben Augenblick kam Tage. »Ich war überall«, sagte er, »auch in der Wohnung, aber ich habe nicht eine Katze gefunden.«

»Ich höre«, sagte der Engländer, diesmal auf dänisch, »daß ich das Vergnügen habe, mit Landsleuten zusammen zu sein.«

Er grüßte wieder und ging einige Schritte zurück, wie um anzudeuten, daß er dies nur gesagt habe, damit sie wissen sollten, daß er verstehe, was sie sprachen; plötzlich aber trat er näher als zuvor, mit gespanntem, bewegtem Ausdruck und sagte: »Wäre es möglich, daß die gnädige Frau und ich alte Bekannte sind?«

»Emil Thorbrögger?« rief Frau Fönß aus und reichte ihm die Hand. Er faßte sie. »Ja, der bin ich«, sagte er fröhlich, »und Sie sind es!«

Er hatte beinahe Tränen in den Augen, als er sie anblickte.

Frau Fönß stellte Tage als ihren Sohn vor.

Tage hatte diesen Thorbrögger nie im Leben nennen hören, aber daran dachte er nicht, nur daran, daß dieser Gaucho sich als Däne entpuppte, und als eine Pause entstand und jemand etwas sagen mußte, konnte er nicht umhin, auszurufen: »Und ich, der ich gestern sagte, Sie erinnerten mich an einen Gaucho!«

»Nun«, entgegnete Thorbrögger, »das kam der Wahrheit auch ziemlich nahe, da ich einundzwanzig Jahre lang in den Prairien von La Plata gelebt und während dieser Zeit ganz gewiß mehr auf dem Pferd als auf den Füßen gewesen bin.«

Und ob er jetzt nach Europa zurückgekehrt sei?

Ja, er habe seine Besitzungen verkauft und seine Schafe und sei gekommen, um sich in dieser alten Welt umzusehen, in der seine Heimat war, aber zu seiner Schande müsse er gestehen, daß er es oft ziemlich langweilig finde, so zu seinem Vergnügen zu reisen.

Er habe vielleicht Heimweh nach den Prairien?

Nein, er habe nie Sehnsucht nach Orten oder Ländern gehabt, es sei wohl nur die tägliche Arbeit, die er entbehre.

So wurde noch eine Weile gesprochen. Endlich kam der Kustos, erhitzt und außer Atem, mit Salatköpfen unterm Arm und einem Büschel brandroter Tomaten in der Hand, und sie wurden in die kleine, schwüle Gemäldesammlung eingelassen, wo sie nur den allervagesten Eindruck von den gelblichen Gewitterwolken und den schwarzen Wellen des alten Vernet bekamen, während sie sich hingegen mit ihrem beiderseitigen Leben und ihren Schicksalen während all der Jahre, die seit ihrer Trennung vergangen waren, bekannt machten.

Denn er war es, er, den sie geliebt, als sie sich mit einem anderen verband, und während der Tage, die nun folgten, wo sie oft zusammen waren und wo die anderen in dem Gefühl, daß so alte Freunde sich viel zu sagen haben mußten, sie so oft allein ließen, – in diesen Tagen merkten sie beide, daß, wie sehr sie sich auch im Laufe der Jahre verändert haben mochten, ihre Herzen doch nichts vergessen hatten.

Vielleicht war er es, der es zuerst gewahrte, denn die ganze Unsicherheit der Jugend, ihre Sentimentalität und ihre elegische Sehnsucht kamen über ihn und er litt darunter; es widerstrebte dem gereiften Manne, so mit einem Male der Lebensruhe, der Sicherheit beraubt zu werden, die er sich mit der Zeit erworben hatte, und er wünschte seiner Liebe ein anderes Gepräge, er wollte sie würdiger, gefaßter.

Ihr war nicht, als fühle sie sich jünger, aber sie hatte die Empfindung, als sei in ihrer Seele ein zurückgehaltener, aufgestauter Tränenquell wieder aufgebrochen, und es war so glücklich und erleichternd, zu weinen, und sie fühlte sich reich in diesen Tränen, als sei sie mehr wert geworden und alles ihr auch werter; schließlich doch ein Gefühl von Jugend.

Eines Abends war Frau Fönß allein zu Hause: Ellinor hatte sich früh schlafen gelegt, und Tage war mit Kastagers ins Theater gegangen. Sie hatte in dem langweiligen Hotelzimmer gesessen und in jenem Halbdunkel geträumt, das ein paar Lichter hervorrufen können, bis die Träume endlich stehen geblieben waren und sie müde geworden, aber in jener milden, lächelnden Müdigkeit, die über uns kommt, wenn glückselige Gedanken im Begriff sind, in unserer Seele zu entschlummern.

Sie konnte hier aber doch nicht sitzen bleiben und den ganzen Abend vor sich hinstarren; nicht einmal ein Buch hatte sie, und mehr als eine Stunde mußte doch vergehen, ehe das Theater aus war. Sie begann im Zimmer auf und ab zu gehen; dann blieb sie vor dem Spiegel stehen und ordnete sich das Haar.

Sie konnte doch ins Lesekabinett hinabgehen und die illustrierten Blätter ansehen. Um diese Zeit war es dort am Abend stets leer.

Sie warf einen großen, schwarzen Spitzenschleier über den Kopf und ging.

Ja, es war leer.

Das kleine übervoll möblierte Zimmer war von einem halben Dutzend großer Gasflammen hell erleuchtet: es war heiß hier drinnen und die Luft zum Ersticken trocken.

Sie zog den Schleier auf die Schultern herab.

Die weißen Blätter dort auf dem Tische, die Mappen mit ihren großen Goldbuchstaben, die leeren Samtsessel, die regelmäßigen Quadrate des Teppichs und die einförmigen Falten der Ripsgardinen, das alles sah so stumm aus in dem grellen Licht.

Sie träumte noch, und träumend lauschte sie auf das langtönende Singen der Gasflammen.

Einem konnte in dieser Hitze beinahe schwindlig werden.

Um sich zu stützen, faßte sie langsam nach einer großen, schweren Bronzevase, die auf einer Konsole an der Wand angebracht war und griff in den blumenverzierten Rand.

Es war bequem, so zu stehen, und die Bronze war so angenehm kühl in der Hand. Aber wie sie so dastand, kam noch etwas Anderes dazu. Sie begann es als eine Annehmlichkeit für ihre Glieder zu empfinden, diese plastisch schöne Stellung, in die sie versunken war, und das Bewußtsein, wie gut es sie kleidete, die körperliche Empfindung von Harmonie – das alles sammelte sich zu einem Gefühl von Triumph, durchströmte sie wie ein seltsam festlicher Jubel.

Sie dünkte sich so stark in dieser Stunde, das Leben lag wie ein großer und strahlender Tag vor ihr, nicht wie ein Tag, der sich den stillen, wehmutsvollen Stunden der Dämmerung zuneigt, sondern wie eine große, wache Spanne Zeit mit heißklopfenden Pulsen in jener Sekunde, mit des Lichtes Lust, mit Handeln und Eile und einer Unendlichkeit nach außen und nach innen. Und des Lebens Fülle begeisterte sie, und sie sehnte sich nach ihr mit der Glut und dem Schwindel eines Reisefiebers.

Lange stand sie so von ihren Gedanken beherrscht, alles um sich her vergessend. Da plötzlich, als hörte sie die Stille da drinnen und das Singen der Gasflammen, ließ sie die Hand von der Vase fallen, setzte sich an den Tisch und blätterte in einer Mappe.

Sie vernahm Schritte, die an der Tür vorübergingen, hörte sie umwenden – und sah Thorbrögger eintreten.

Sie wechselten ein paar Worte, da sie aber mit ihren Bildern beschäftigt schien, begann auch er die Journale anzusehen, die vor ihm lagen. Sie interessierten ihn indessen nicht sehr, denn als sie bald darauf aufblickte, begegnete sie seinem Blick, der forschend auf ihr ruhte.

Er sah aus, als sei er im Begriff zu sprechen; um seinen Mund lag ein entschlossen nervöser Ausdruck, der ihr so bestimmt sagte, welcher Art die Worte sein würden, daß sie errötete und instinktmäßig, gleichsam als wolle sie diese Worte zurückhalten, ihm ein Bild über den Tisch reichte und auf die Zeichnung einiger Pampasreiter deutete, die den Lasso über wilde Stiere warfen.

Er war auch nahe daran, sich zu einem Scherz über des Zeichners naive Vorstellungen von der Kunst des Lassowerfens hinreißen zu lassen; es war ja so verlockend leicht, darüber zu reden – im Gegensatz zu dem, was er in seinen Gedanken trug – aber er schob das Blatt doch resolut beiseite, beugte sich ein wenig über den Tisch und sagte: »Ich habe soviel an Sie gedacht, seitdem wir uns wieder getroffen; ich habe stets soviel an Sie gedacht, sowohl damals in Dänemark wie da drüben, wo ich war. Und ich habe Sie immer geliebt, und wenn es mir jetzt manchmal scheint, daß ich Sie erst jetzt liebe, wo wir uns wieder gefunden haben, so ist das nicht wahr, wie groß meine Liebe auch sein mag,– denn ich habe Sie immer geliebt, immer habe ich Sie geliebt. Und wenn Sie jetzt mein würden – Sie können nicht begreifen, was es für mich wäre, wenn Sie, die Sie mir so lange Jahre genommen waren, jetzt zu mir zurückkehrten.«

Darauf schwieg er einen Augenblick, dann erhob er sich und trat näher zu ihr.

»Aber so sagen Sie doch ein Wort; ich spreche hier blindlings drauf los; ich muß zu Ihnen reden wie zu einem Dolmetscher, einem Fremden, der es dem Herzen wieder sagen soll, zu dem ich spreche; ich weiß ja nicht … ich kann meine Worte nicht abwägen … ich weiß ja nicht, wie fern oder wie nah; ich wage ja nicht, der Anbetung, die mich ganz erfüllt, Worte zu verleihn – oder darf ich?«

Er sank neben ihr in einen Stuhl.

»Wenn ich dürfte, wenn ich nicht fürchten müßte – ist es wahr! O, Gott segne dich, Paula!«

»Nichts braucht uns noch länger zu trennen«, sagte sie und reichte ihm die Hand, »was auch kommen mag, ich habe das Recht, einmal glücklich zu sein, einmal voll aus meiner Natur zu leben, meiner Sehnsucht und meinen Träumen. Ich habe niemals entsagt, weil das Glück nicht zu mir gekommen, habe ich doch nicht geglaubt, daß das Leben lauter Armseligkeit und Pflicht sei; ich wußte ja, daß es Glückliche gibt.«

Schweigend küßte er ihre Hand.

»Ich weiß«, sagte sie traurig, »daß die, welche mich am mildesten beurteilen, mir das Glück gönnen werden, mich von dir geliebt zu wissen; aber diese werden auch sagen, daß mir das genügen sollte.«

»Aber mir wäre das nimmermehr genug, und du hast nicht das Recht, mich so fortzuschicken.«

»Nein«, sagte sie, »nein!«

Bald nachher ging sie hinauf und sah nach Ellinor.

Ellinor schlief.

Frau Fönß setzte sich an ihr Bett und sah auf das bleiche Kind, dessen Züge sie nur undeutlich in dem gelben Schein der Nachtlampe unterscheiden konnte.

Um Ellinors Willen mußten sie warten. Nach Verlauf einiger Tage würden sie sich von Thorbrögger trennen und allein nach Nizza gehen; den ganzen Winter wollte sie nur leben, um Ellinor wieder gesund zu machen.

Aber morgen würde sie den Kindern erzählen, was geschehen war und was zu erwarten sei. Wie sie es nun auch aufnehmen würden, ihr war es unmöglich, tagaus tagein mit ihnen zu leben und durch ein solches Geheimnis fast von ihnen getrennt zu sein. Und sie mußten ja auch Zeit haben, um sich an den Gedanken zu gewöhnen; denn eine Trennung von ihnen würde es ja werden, ob größer oder kleiner, das würde von den Kindern selbst abhängen. Was die Einrichtung ihres Lebens im Verhältnis zu ihm und ihr betraf, so sollten sie vollständig darüber verfügen. Sie wollte nichts fordern. Hier war es an ihnen, zu geben.

Sie hörte Tages Schritte im Salon und ging zu ihm hinein.

Er war so strahlend und so nervös zugleich, daß Frau Fönß sofort dachte, es sei etwas geschehen, und sie ahnte auch was.

Er jedoch, der nach einer Einleitung suchte zu dem, was er auf dem Herzen hatte, saß da und sprach zerstreut vom Theater, und erst als seine Mutter zu ihm trat und ihm die Hand auf die Stirn legte und ihn zwang, zu ihr aufzublicken, da vermochte er zu erzählen, daß er um Ida Kastager geworben und ihr Jawort erhalten hatte.

Sie sprachen dann lange davon, aber Frau Fönß fühlte während der ganzen Zeit, daß in dem, was sie sagte, eine gewisse Kälte lag, die sie nicht überwinden konnte, weil sie fürchtete, allzusehr mit Tage übereinzustimmen auf Grund der Bewegung, in der sie selbst sich befand, und dann kam dazu, daß sie es nicht ertragen konnte, in ihren mißtrauischen Gedanken auch nur den leisesten Schatten eines Zusammenhangs zwischen ihrer Güte von heute Abend und dem, was sie morgen zu erzählen hatte, zu wittern.

Tage merkte ihr jedoch keine Kälte an.

Frau Fönß schlief während dieser Nacht nicht viel; sie hatte Gedanken, die sie wach halten mußten. Sie dachte, wie seltsam es sei, daß er und sie sich finden mußten, und daß, als sie sich fanden, sie sich liebten wie in alter Zeit.

Aber es war nun einmal alte Zeit, besonders für sie; sie war ja nicht, sie konnte ja nicht mehr jung sein. Und dies würde sich zeigen, er würde Nachsicht mit ihr haben, sich daran gewöhnen müssen, daß es lange her, seitdem sie achtzehn Jahre alt gewesen. Aber sie fühlte sich jung, sie war es in so vielen Beziehungen, und trotzdem war es besonders das, daß sie sich ihrer Jahre bewußt war; sie sah es so deutlich: in tausend Bewegungen, in Mienen und Gesten, in der Art, wie sie einen Wink befolgen, wie sie bei einer Antwort lächeln würde; zehnmal am Tage würde sie sich alt machen, weil ihr der Mut fehlen würde, in ihrem Äußern so jung zu sein wie in ihrem Sinne.

Und die Gedanken kamen und gingen, aber durch alles dies brach sich stets die eine Frage Bahn, was ihre Kinder sagen würden.

Am Vormittag des nächsten Tages forderte sie die Antwort heraus.

Sie saßen im Salon.

Sie sagte, daß sie ihnen etwas Wichtiges mitzuteilen habe, etwas, das eine große Veränderung für sie alle herbeiführen, etwas, das ihnen sehr unerwartet kommen würde. Sie bat sie, so ruhig zuzuhören, wie sie könnten, und sich vom ersten Eindruck nicht zu Unbedachtsamkeiten hinreißen zu lassen; denn sie müßten wissen, daß das, was sie ihnen erzählen würde, fest beschlossene Sache sei, und daß nichts, was sie ihrerseits sagen könnten, sie dahin bringen würde, daran zu ändern.

»Ich will mich wieder verheiraten«, sagte sie und erzählte ihnen, wie sie Thorbrögger geliebt, bevor sie ihren Vater gekannt; wie sie von ihm getrennt worden, und wie sie sich jetzt wiedergefunden.

Ellinor weinte, aber Tage hatte sich von seinem Platz erhoben, gänzlich verwirrt; dann war er zu ihr getreten, war vor ihr auf die Kniee gesunken und hatte ihre Hand ergriffen, die er schluchzend, vor Bewegung halb erstickt, an seine Wangen drückte, in jedem seiner Züge eine unsägliche Zärtlichkeit, eine vollständige Ratlosigkeit.

»O, aber Mutter, geliebte Mutter! Was haben wir dir denn getan, haben wir dich nicht immer geliebt, haben wir uns nicht, wenn wir dir nahe waren und wenn wir dir fern waren, nach dir gesehnt wie nach dem Besten, was wir auf der Welt besaßen. Unsern Vater haben wir nicht anders gekannt als durch dich, du hast uns ihn lieben gelehrt, und wenn Ellinor und ich so viel voneinander halten, so ist es doch, weil du unermüdlich Tag für Tag dem einen gezeigt hast, was an dem andern liebenswert war – und ist es nicht so mit jedem Menschen gewesen, dem wir nahe getreten sind, haben wir nicht alles von dir! Alles haben wir von dir, und wir beten dich an, Mutter, wenn du wüßtest ... o, du weißt nicht, wie oft unsere Liebe zu dir sich sehnt, über alle Grenzen und Schranken hinauszugehen, zu dir, aber du wieder hast uns gelehrt, sie niederzuhalten, und wir wagen nie, dir so innig nahe zu kommen, wie wir so gern möchten. Und jetzt sagst du, daß du ganz von uns fort willst, uns ganz beiseite schieben! Aber das ist ja unmöglich; der es am bösesten auf der Welt mit uns meint, könnte uns nichts antun, das so fürchterlich wie dies – und du meinst es ja gut mit uns, wie ist es da möglich! Sag schnell, daß es nicht wahr, sag, es ist nicht wahr. Sage, es ist nicht wahr, Ellinor.«

»Tage, Tage, komm doch zu dir und mach es dir und uns nicht so schwer!«

Tage stand auf.

»Schwer!« sagte er. »Schwer, schwer, o wäre es nichts weiter als schwer, aber es ist ja fürchterlich, – unnatürlich; es ist um wahnsinnig darüber zu werden! Ahnst du auch wirklich, was du mir zu denken gegeben? Meine Mutter der Liebe eines fremden Mannes hingegeben, meine Mutter begehrt, umfangen und wieder umfangend, o, das sind Gedanken für einen Sohn, Gedanken schlimmer als der ärgste Hohn, – aber es ist unmöglich, es muß unmöglich sein, es muß, denn sollten die Bitten eines Sohnes nicht so viel Macht haben! Ellinor, sitz nicht dort und weine, komm und hilf mir Mutter bitten, daß sie Mitleid mit uns habe.«

Frau Fönß machte eine abwehrende Bewegung mit der Hand und sagte: »Laß Ellinor, sie mag müde genug sein, und überdies habe ich Euch ja gesagt, daß sich nichts mehr daran ändern läßt.«

»Ich wollte, ich wäre tot«, sagte Ellinor, »aber alles, was Tage sagt, ist wahr, Mutter, und es kann nimmermehr recht sein, daß du uns in unserem Alter einen Stiefvater gibst.«

»Stiefvater«, rief Tage aus, »ich will nicht hoffen, daß er nur einen Augenblick wagt ... Du bist wahnsinnig, wo er eintritt, da gehen wir hinaus; es gibt keine Macht der Welt, die mich zu der geringsten Gemeinschaft mit dem Menschen zwingen könnte. Mutter hat zu wählen – er oder wir! Gehen die Neuvermählten nach Dänemark, so sind wir landesverwiesen, bleiben sie hier, so gehen wir.«

»Das gedenkst du zu tun, Tage?« fragte Frau Fönß.

»Ich glaube kaum, daß du zweifeln kannst. Stelle dir nur das Familienleben vor; Ida und ich sitzen im Mondenschein da draußen auf der Terrasse und hinter dem Lorbeerboskett flüstert jemand; Ida fragt, wer flüstert, und ich antworte: Meine Mutter und ihr neuer Gatte. – Nein, nein, dies hätte ich nicht sagen sollen; aber du siehst, wie es schon jetzt wirkt, welchen Schmerz es mir bereitet, und glaube mir, Ellinor wird es auch nicht kräftiger machen.«

Frau Fönß ließ die Kinder gehen und blieb allein.

Nein, Tage hatte recht, es hatte ihnen nicht gut getan; wie weit diese kurze Stunde sie schon von ihr getrennt hatte; wie sie sie ansahen, nicht wie ihre, sondern wie ihres Vaters Kinder, und wie bereit sie waren, sie zu lassen, sobald sie nur gemerkt, daß nicht jedes Gefühl ihres Herzens ihnen gehörte! Aber sie war doch nicht einzig und allein Tages und Ellinors Mutter, sie war doch auch ein Geschöpf für sich, mit Leben für sich und Hoffnung für sich, auch ohne im Zusammenhang mit ihnen. Aber so jung, wie sie geglaubt, war sie doch vielleicht nicht. Das hatte sie im Gespräch mit ihren Kindern gemerkt. War sie nicht furchtsam gewesen trotz ihrer Worte, hatte sie sich nicht beinahe gefühlt wie jemand, der einen Eingriff in die Rechte der Jugend macht, und waren nicht die Ansprüche und die ganze naive Tyrannei der Jugend durch alles gegangen, was sie gesagt hatten? – Uns kommt es zu, zu lieben, uns gehört das Leben und euer Leben ist's, für uns da zu sein! Sie fing an zu begreifen, daß es eine Befriedigung gewahren kann, ganz alt zu sein; nicht, daß sie es wünschte, aber es lächelte ihr doch matt entgegen wie ferner Frieden nach all der Erregung der letzten Zeit und jetzt, wo die Aussicht auf so viel Unfrieden so nahe war. Denn sie glaubte nicht, daß ihre Kinder auf andere Gedanken kommen würden, und sie mußte doch immer und immer wieder mit ihnen darüber sprechen, bevor sie die Hoffnung aufgab. Das Beste war, wenn Thorbrögger sofort abreiste; wenn er nicht anwesend war, würden die Kinder vielleicht weniger reizbar sein, und sie konnte ihnen dann zeigen, wie eifrig sie darauf bedacht war, alle mögliche Rücksicht auf sie zu nehmen; die erste Bitterkeit würde Zeit bekommen zu schwinden und alles … nein, sie glaubte nicht daran, daß alles wieder gut werden würde.

Es wurde abgemacht, daß Thorbrögger nach Dänemark reisen solle, um ihre Papiere in Ordnung zu bringen. Vorläufig sollte er dann dort bleiben. Dadurch schien indessen nichts gewonnen zu sein. Die Kinder mieden sie; Tage war stets mit Ida und ihrem Vater zusammen, und Ellinor mußte der kranken Frau Kastager immer Gesellschaft leisten. Und waren sie wirklich zusammen, wo waren dann die alte Vertraulichkeit, das alte Behagen, wo waren die tausend Gesprächstoffe – und fanden sie endlich einen, wo war dann das Interesse dafür geblieben? Sie hielten ein Gespräch aufrecht wie Menschen, die eine Zeitlang Gefallen an ihrer gegenseitigen Gesellschaft gefunden haben und sich nun trennen sollen, und der, der reisen will, hat schon all seine Gedanken um das Ziel der Reise gesammelt, und der, welcher zurückbleibt, denkt nur daran, wie er in das tägliche Leben und die täglichen Gewohnheiten zurückfallen wird.

Es war keine Gemeinschaft mehr in ihrem Leben, das Gefühl der Zusammengehörigkeit war geschwunden. Sie sprachen wohl davon, wie sie sich in der nächsten Woche, im nächsten Monat, wohl auch noch im übernächsten Monat einrichten würden, aber es interessierte sie nicht, als ob es Tage aus ihrem eigenen Leben wären, um die es sich handelte; es war nur eine Wartezeit, die auf diese oder jene Weise überstanden werden mußte, denn alle drei fragten sie sich: was dann? Weil sie sich nicht sicher fühlten in ihrem augenblicklichen Leben, weil sie keinen Grund hatten, es aufzubauen, bevor das geordnet war, was sie getrennt hatte.

Und an jedem Tage, der hinging, vergaßen die Kinder mehr und mehr, was die Mutter für sie gewesen, so wie Kinder nun einmal, wenn sie glauben, daß ihnen Unrecht geschehen, tausend Wohltaten über ein einziges Unrecht zu vergessen pflegen.

Tage war der weichste von ihnen, aber auch zugleich der, welcher am tiefsten verletzt war, weil er derjenige war, der am meisten geliebt hatte. Er hatte lange Nächte hindurch über die Mutter geweint, die er nicht behalten konnte wie er wollte, und es gab Zeiten, wo die Erinnerung an ihre Liebe zu ihm jedes andere Gefühl in seiner Brust übertäubte. Eines Tages war er auch zu ihr gegangen und hatte gebeten und gefleht, daß sie nur ihnen gehören möge, ihnen allein und keinem anderen, und er hatte ein Nein bekommen. Und dieses Nein hatte ihn hart gemacht und kalt, eine Kälte, vor der er sich im Anfang gefürchtet, weil zugleich mit ihr eine so fürchterliche Leere gekommen war.

Mit Ellinor war es anders; sie hatte es seltsamerweise meist wie ein Unrecht gegen ihren verstorbenen Vater empfunden, und sie begann eine Fetischanbetung mit diesem Vater, an den sie sich nur dunkel erinnerte, und schuf ihn sich so lebendig, indem sie sich in alles vertiefte, was sie von ihm gehört; sie fragte Kastager nach ihm und Tage und küßte jeden Abend und jeden Morgen ein Medaillonporträt, das sie von ihm hatte, und sehnte sich mit hysterischem Verlangen nach Briefen von ihm, die sie zu Hause gelassen, und nach Dingen, die ihm gehört hatten.

In demselben Verhältnis wie der Vater auf diese Weise stieg, sank die Mutter. Daß diese sich in einen Mann verliebt hatte, schadete ihr weniger in den Augen der Tochter; sie war nicht mehr die Mutter, die Unfehlbare, die Klügste, Beste, Schönste, sie war eine Frau wie andere, nicht ganz so, aber gerade, weil sie es nicht ganz war, eine, die man kritisieren und beurteilen, an der man Schwächen und Fehler finden konnte. Ellinor war froh darüber, daß sie der Mutter ihre unglückliche Liebe nicht anvertraut hatte, sie wußte ja nicht, wie sehr sie es der Mutter selbst verdankte, daß sie es nicht getan!

Ein Tag ging hin wie der andere, und dies Leben wurde immer unerträglicher, und alle drei fühlten, daß es nutzlos war, und anstatt sie zusammenführen, sie nur immer mehr trennte.

Frau Kastager, die nun gesund geworden war und nichts von alledem mitgemacht hatte, was vor sich gegangen, aber doch diejenige war, die von allen am besten Bescheid wußte, weil man ihr alles erzählt hatte, Frau Kastager hatte eines Tages ein langes Gespräch mit Frau Fönß, die froh war, eine zu haben, welche ruhig mit anhören konnte, wie sie sich die Zukunft geordnet hatte; und in diesem Gespräch schlug Frau Kastager vor, daß die Kinder mit ihr nach Nizza gehen sollten, während man Thorbrögger nach Avignon berief, damit sie sich trauen lassen sollten. Kastager konnte ja da bleiben, um Zeuge zu sein.

Frau Fönß schwankte noch eine Zeitlang, denn es war ihr unmöglich, die Ansicht der Kinder zu erfahren; als man es ihnen erzählte, hatten sie es mit vornehmem Schweigen hingenommen, und als man sie wegen einer Antwort drängte, hatten sie nur gesagt, daß sie sich selbstverständlich nach dem richten würden, was die Mutter beschloß.

Es kam dann, wie Frau Kastager vorgeschlagen; sie sagte den Kindern Lebewohl, und diese reisten; Thorbrögger kam, und sie wurden getraut.

Spanien wurde ihre Heimat; Thorbrögger wählte es um der Schafzucht willen.

Nach Dänemark wollte keiner von ihnen zurück.

Und so lebten sie denn glücklich in Spanien.

Ein paarmal schrieb sie an ihre Kinder, aber in dem ersten, heftigen Zorn darüber, daß sie sie verlassen, schickten sie die Briefe zurück. Später bereuten sie es allerdings; sie vermochten jedoch nicht, es der Mutter zu gestehen und ihr zu schreiben; daher hörte alle Verbindung zwischen ihnen auf. Auf anderen Wegen hörten sie indessen von ihrem beiderseitigen Leben.

Fünf Jahre lebten Thorbrögger und seine Frau glücklich, aber dann wurde sie plötzlich krank. Es war eine schnell zehrende Krankheit, die notwendigerweise mit dem Tode enden mußte. Die Kräfte schwanden stündlich, und eines Tages, als das Grab nicht mehr fern war, schrieb sie an ihre Kinder.

»Teure Kinder!« schrieb sie. »Daß Ihr diesen Brief lesen werdet, weiß ich, denn er wird Euch erst erreichen, wenn ich tot bin. Fürchtet nichts, diese Zeilen enthalten keine Vorwürfe; könnte ich ihnen nur *Liebe* genug mitgeben!

Wo Menschen lieben, Tage und Ellinor, liebe, kleine Ellinor, da muß stets *der* sich demütigen, der am meisten liebt, und deshalb komme ich noch einmal zu Euch, wie ich mit meinen Gedanken jede Stunde zu Euch kommen werde, so lange ich es noch vermag. Der da sterben soll, teure Kinder, ist so arm; ich bin so arm, denn diese ganze wunderschöne Welt, die nun so viele Jahre mein reiches, gesegnetes Heim gewesen, sie soll von mir genommen werden, mein Stuhl wird leer stehen, die Tür wird sich hinter mir schließen und ich werde meinen Fuß nie wieder hierher setzen. Deshalb sehe ich alles mit der Bitte in meinen Augen an, daß es mich lieb behalten möge, deshalb komme ich zu Euch und bitte Euch, mich mit der ganzen Liebe zu lieben, die Ihr mir früher gegeben habt; denn wisset, nicht vergessen werden, das ist der ganze Anteil an der Menschheit Welt, der von jetzt an mein sein wird. Nicht vergessen werden – sonst nichts! Ich habe nie an Eurer Liebe gezweifelt; ich wußte ja, daß es Eure Liebe gewesen, die Euren großen Zorn erzeugt; hättet Ihr mich weniger geliebt, so hättet Ihr mich auch ruhiger ziehen lassen. Und deshalb will ich Euch sagen, wenn es eines Tages geschehen sollte, daß ein gramgebeugter Mann an Eure Tür kommt, um mit Euch von mir zu sprechen, von mir zu sprechen um des Trostes willen, so vergeßt nicht, daß niemand mich geliebt hat so wie *er;* und daß alles Glück, das von einem Menschenherzen ausstrahlen kann, von ihm zu mir gekommen ist. Und bald, in der letzten, großen Stunde wird er meine Hand in der seinen halten, wenn das Dunkel kommt, und seine Worte werden die letzten sein, die ich höre … Lebt wohl, ich sage es Euch hier, aber es ist nicht jenes Lebewohl, das das letzte an Euch sein soll, das will ich so spät sagen, wie ich kann, und all meine Liebe soll darin liegen, und die Sehnsucht so vieler, vieler Jahre, und die Erinnerungen an die Zeit, wo Ihr klein wart, und tausend Wünsche und tausend Dank. Leb wohl, Tage, leb wohl, Ellinor, lebt wohl bis zum letzten Lebewohl.

Eure Mutter.«

Biographie

1847	*7. April:* Jens Peter Jacobsen wird in Thisted/Nordjütland geboren.

Jacobsen wächst als Sohn eines wohlhabenden Kaufmanns in Thisted auf und bleibt der Gegend am Westende des Limfjords zeitlebens verbunden.

1863 Mit sechzehn Jahren siedelt er nach Kopenhagen über, um dort das Abitur zu machen.

1867 Er studiert Botanik in Kopenhagen.

1872 Seine Erstlingsnovelle »Mogens« skizziert im Sinne des modernen Durchbruchs ein der Natur immanentes Ordnungsprinzip, in das der Mensch sich einfügen muss, und erregt vor allem Bewunderung wegen der impressionistischen Sprache.

Die enge Freundschaft mit Georg und Edvard Brandes, den Begründern der Moderne in der skandinavischen Literatur, lässt auch bei Jacobsen die literarischen Ambitionen in den Vordergrund treten.

1873 Er macht nie ein Examen, gewinnt aber mit einer Untersuchung über »Desmidaceen« (Grünalgen) einen Universitätspreis.

Ferner übersetzt er zwei wichtige Werke von Charles Darwin (»On the Origin of Species« und »The Descent of Man«) ins Dänische und fördert damit die Popularität von dessen Lehren in Nordeuropa. Darwin und sein deutscher Epigone Ernst Haeckel verhelfen Jacobsen nach dem Verlust seines christlichen Glaubens zu einer neuen naturalistischen Weltsicht.

Auf seiner Italienreise erkrankt Jacobsen unheilbar an Tuberkulose, und der Rest seines Lebens ist entscheidend geprägt vom Ringen gegen die Krankheit und die Beeinträchtigung seiner Schaffenskraft.

1876 Auch der Roman »Frau Marie Grubbe« präsentiert eine historische Figur aus dem 17. Jahrhundert, die der Liebe wegen einen Abstieg von der Prinzengattin zur Frau eines Kutschers vollzieht und ihr Glück findet.

Er steht in enger Verbindung mit dem Kreis um Georg Brandes, der einflussreichsten Persönlichkeit des zeitgenössischen Kopenhagener Kulturlebens.

1880 »Niels Lyhne«, sein zweiter Roman, wird nach einer Reise nach Frankreich und Italien veröffentlicht. Es ist ein Entwicklungsroman, der den Durchbruch des Helden zum Atheismus nachzeichnet.

Jacobsen ist aber schon lange von Krankheit gezeichnet und kann außer einigen Erzählungen keine weiteren Werke vollenden.

1882 »Pesten i Bergamo« (»Die Pest in Bergamo«).

1885 *30. April:* Jacobsen stirbt in seiner Heimatstadt in Thisted/Nordjütland.

Sein Liederzyklus »Gurresange« (postum 1886, »Gurrelieder«) wird von Arnold Schönberg vertont.

Erzählungen aus dem Biedermeier

Biedermeier - das klingt in heutigen Ohren nach langweiligem Spießertum, nach geschmacklosen rosa Teetässchen in Wohnzimmern, die aussehen wie Puppenstuben und in denen es irgendwie nach »Omma« riecht.

Zu Recht. Aber nicht nur.

Biedermeier ist auch die Zeit einer zarten Literatur der Flucht ins Idyll, des Rückzuges ins private Glück und der Tugenden. Die Menschen im Europa nach Napoleon hatten die Nase voll von großen neuen Ideen, das aufstrebende Bürgertum forderte und entwickelte eine eigene Kunst und Kultur für sich, die unabhängig von feudaler Großmannssucht bestehen sollte.

Georg Büchner Lenz **Karl Gutzkow** Wally, die Zweiflerin **Annette von Droste-Hülshoff** Die Judenbuche **Friedrich Hebbel** Matteo **Jeremias Gotthelf** Elsi, die seltsame Magd **Georg Weerth** Fragment eines Romans **Franz Grillparzer** Der arme Spielmann **Eduard Mörike** Mozart auf der Reise nach Prag **Berthold Auerbach** Der Viereckig oder die amerikanische Kiste

ISBN 978-3-8430-1884-5, 444 Seiten, 29,80 €

Erzählungen aus dem Biedermeier II

Annette von Droste-Hülshoff Ledwina **Franz Grillparzer** Das Kloster bei Sendomir **Friedrich Hebbel** Schnock **Eduard Mörike** Der Schatz **Georg Weerth** Leben und Taten des berühmten Ritters Schnapphahnski **Jeremias Gotthelf** Das Erdbeerimareili **Berthold Auerbach** Lucifer

ISBN 978-3-8430-1885-2, 440 Seiten, 29,80 €

Erzählungen aus dem Biedermeier III

Eduard Mörike Lucie Gelmeroth **Annette von Droste-Hülshoff** Westfälische Schilderungen **Annette von Droste-Hülshoff** Bei uns zulande auf dem Lande **Berthold Auerbach** Brosi und Moni **Jeremias Gotthelf** Die schwarze Spinne **Friedrich Hebbel** Anna **Friedrich Hebbel** Die Kuh **Jeremias Gotthelf** Barthli der Korber **Berthold Auerbach** Barfüßele

ISBN 978-3-8430-1886-9, 452 Seiten, 29,80 €